KB046485

몸으로 책읽기

몸으로 책읽기

명로진 지음

북바이북

책은 몸으로 읽는 것

어떤 책을 읽다보면 가끔 이런 생각이 든다. 왜 이 책은 자꾸 선생처럼 가르치려 드는 걸까? 왜 이 책은 근엄한 척 어깨에 힘을 주는 걸까? 왜 이 책은 내 입에 이렇게 쓴 걸까?

이왕이면 다정하고 친절한 안내자이어선 안 되는 걸까? 가볍고 흥겨워서 절로 견갑골이 들썩이는 춤이어선 안 되는 걸까? 우습고 경쾌해서 배꼽을 잡게 만드는 놀이여선 안 되는 걸까?

나는 그런 책을 읽고 싶었다. 그런 책을 읽으며 웃고 싶었다. 때로, 욕심을 한껏 내서 그런 책을 한 번 써보고 싶었다.

언젠가 출판전문지 〈기획회의〉 편집자가 서평 연재를 청탁해왔다. 나는 답했다. "서평이요? 책에 관해 쓴 글을 사람들이 많이 읽을까요? 그보다는 이게 어떨까요?"

그때 내가 제안한 것이 '몸으로 책 읽기'였다. 걷기 책을 읽고 나서 걷고, 환경 책을 읽고 환경을 아끼고, 돈에 관한 책을 읽고 돈을 버는 것이다(그럼 섹스에 대한 책을 읽고 나서는……?). 글을 쓰는 사람에게도 글을 읽는 사람에게도 서평보다는 더 재미있을 거라 생각했다.

원래 책이란 건 몸으로 읽는 게 아닌가?

두 눈은 지면을 향하고, 두 귀는 종이의 사각거리는 소리를 듣고, 뇌는 온통 텍스트와 이미지를 조합하느라 바쁘고, 왼손으로는 책을 받치고 오른손으로는 책장을 넘겨야 하는 것 아닌가? 물론 가끔은 한 손으로 책을 받치고 누워서 남은 한 손으로는 감자칩을 집어먹기도 해야 하겠지만(소파에 앉아 책을 볼 때는 또 한 손으로 맥주를 들이켜야 제맛!). 나는 그 어떤 기술의 진보가 온다고 해도 지면을 손으로 넘기는 감각을 양보하지는 않으련다. 책장 넘어갈 때 들리는 음향이 없는 것은 책이 아니다(당연히 맥주 없이 책을 읽는 것은 독서가 아니다). 이 모든 것이 갖추어져 있을 때 나는 행복하다. 몸으로 책을 읽을 때만이, 기꺼이 아름다운 애인의 호출을 연기할 수 있다.

책을 읽고 인생이 바뀌었다고 말하는 사람들이 많다. 그들은 아마도 책을 읽고 뭔가를 실천했으리라. 그게 뭔지 알고 싶었다. 간지럽게 속삭이는 대신 행동하라고 부추기는 책도 많다. 나는 일어나 문 밖으로 나가보고 싶었다. 또 사랑이나 마약만큼 도취되는 문장들도 많다. 그 속에 파묻혀보고 싶었다.

글을 쓰는 동안 나는 책을 읽고 몸으로 실천하려 애썼다. 조선 왕조에 대한 책을 읽고 왕릉을 찾았고, 술에 관한 책을 읽고 술을 마셨다. 산에 관한 책을 읽고 헉헉거리며 산에 올랐으며, 오디오 책을 읽고 오디오 마니아를 만났다. 책을 쓰기 위해 자신의 몸을 던지는 작가들을 보면서, '위대한 작가라면, 쓰다가 죽을 수도 있겠다' 싶었다. 명작들은 한결같이 쓰는 이들의 피와 땀 냄새가 묻어나서 종이에는 오랜 상흔이 보였다.

사랑에 관한 책을 읽고 사랑을 한다면 행복하지 않을까? 이별에 관한 책을 읽고 이별을 잊을 수 있다면 괜찮지 않을까? 지혜에 관한 책을 읽고 우리가 좀더 지혜로워진다면, 남는 장사가 아닐까? 이런 심정으로 책을 펼쳤다. 설렁설렁 놀멘놀멘 흥얼거리며 읽고 또 뒹굴며 몸으로 베꼈다. 물론 능력이 부족하고 시간이 모자라 어떤 것은 그저 읽고 느낌을 말하는 것으로 그치기도 했다.

나는 다만 재미있게 쓰려고 했다. 어깨의 힘을 빼고, 눈의 근육을 풀고, 손의 관절을 부드럽게 하려 노력했다. 세상에는 진지한 분들이 충분히 많으므로 나는 출판계의 영구가 되고 싶었다(어쨌거나 〈디 워〉는 1,000만 명이 봤다).

말도 안 되는 개그를 늘어놓으며 서평 아닌 서평을 썼는데, 웃으며 봤다는 사람들이 몇 있었다. 다행이었다. 사람들이 충고보다는 칭찬을 많이 해줬다. 그게 외교적 언사라는 것을 알면서도 무턱대고 1년 동안 글을 썼다. 연재했던 글을 모아보니 어느새 책 한 권 분량이 됐다. 무턱대고 또 책을 낸다.

여러분이 책을 넘기다 어느 한 순간, 피식 웃을 수 있으면 좋겠다. 몇몇 부분에서 낄낄거린다면 더 바랄 게 없다. 세상은 원래 불행하므로 그 찰나만이라도 건지면 되는 거라고 생각한다. 그 찰나의 값어치가 책값의 몇 분의 일이라도 차지하기를…….

연재를 허락하고 책을 내도록 지원해 준 한국출판마케팅연구소의 한기호 소장과 편집을 맡아 애써준 이은진, 오효영 님께 감사드린다.

2011년 늦여름, 홍대 집필실에서

명로진

차례

1. 너의 말에도 밑줄을 그을 수 있다면

2. 몸으로 써내려간 책

3. 다가갈 수 없는 것에 매혹되다

4. 인생의 숲에 숨은 이야기

1.
너의 말에도 밑줄을 그을 수 있다면

"당신은 왜 글을 씁니까?"
"더 좋은 사람이 되기 위해서." 그가 답했다.
나는 그의 대답에 밑줄을 그었다.

나의 1984

*

무라카미 하루키, 『1Q84』

똑똑하고 싹싹하며 얼굴도 예쁜데 책 읽는 것마저(!) 좋아하는 내 후배 박지선 양은 모 기업에서 퇴사한 임원들이 만든 동호회 사무실에서 일을 한다. 강남에 있는 동호회 사무실에서 30여 명의 어르신들과 하루 종일 생활한다. 그녀는 매일 그다지 급할 것도 없는 잡무를 하며 보낸다. 복사하기, 커피타기, 동호회 모임을 위한 연락하기 등. 그러나 정작 그녀가 주로 하는 일은 조국 근대화의 기수라는 자부심 하나만으로 살아가는 노년층에게 기氣를 빨리는 것(?)이다.

인생의 황혼기에 들어선 퇴직자들 중에는 재색을 겸비한 이십대 미인이 무엇을 하며 보내는지 엿보는 것을 취미로 가진 사람도 있다. 그녀의 식습관, 그녀의 컴퓨터 파일, 그녀의 독서 행위 등을 호시탐탐 기웃거리는 것이다. 지선은 말한다. 다른 것은 다 참을 수 있어도 책 빌려달라고 하는 것만은 견딜 수 없다고.

> “『1Q84』를 보고 있을 때 어떤 분이 책을 빌려달라는 거예요. 내 책에는 나만 알 수 있는 암호와 밑줄이 가득한데……. 그걸 빌려주면 보는 사람이 내 내면을 들여다보는 셈이잖아요. 내가 읽은 책을 남에게 빌려주는 건 벌거벗고 그 사람 앞에 서는 것과 같아요. 그래서 나는 남친에게도 책을 빌려주지 않아요. 누가 내 마음을 엿보는 것이 싫기 때문이에요. 하도 빌려달라기에 새 책을 구입해서 줬어요. 제발, 책은 좀 사서 봤으면 좋겠어요.”

밑줄 훔쳐보기

이 글을 읽고 있는 독자들아, 제발 책은 좀 사서 봐라. 남의 책 빌려달라 하지 말고. 박지선의 책에는 그녀만의 속살이 숨어 있다. 명로진의 책에는 나만의 자아가 감춰져 있다. 당신은 당신의 책을 사서, 당신만이 만족할 수 있는 문장 아래 밑줄을 그어야 한다. 다른 사람의 벗은 몸을 빤히 쳐다보는 것이 실례이듯이, 다른 사람이 그어놓은 밑줄이 있는 책을 빌려 보는 것 역시 실례다.

나의 『1Q84』에는 이런 부분에 밑줄이 그어져 있다. “지루하게 긴 대화는 모처럼 맞이한 밤을 쓸모없는 것으로 만드니까” “그리고 적확성의 추구는 덴고가 천성적으로 잘하는 것 중 하나였다.”

문제는 이 문장의 앞뒤로 너무 리얼한 묘사가 나온다는 것이다.

> 그녀가 성행위의 대부분을 리드했다. 덴고는 거의 아무것도 생각하

> 지 않고 그녀가 지시하는 대로 행동했다. 무엇을 선택할 필요도, 판단할 필요도 없었다. 그에게 요구되는 것은 두 가지 뿐이었다. 페니스를 발기한 상태로 유지할 것, 사정의 타이밍에서 실수하지 말 것. "아직 안 돼, 조금만 더 참아"라고 말하면 온 힘을 다해 참았다. "자, 지금이야. 빨리, 빨리 해"라고 귓가에 속삭이면 그 지점에서 적확하게, 되도록 강하게 사정했다. 그렇게 하면 그녀는 덴고를 칭찬해주었다. 뺨을 다정하게 쓰다듬으며 덴고, 자기는 정말 대단해, 라고 말해주었다. 그리고 적확성의 추구는 덴고가 천성적으로 잘하는 것 중 하나였다. 올바른 구두점을 찍거나 최단거리의 수식을 찾아내는 것도 거기에 포함된다.

이곳에 왜 밑줄을 그어놨을까. 그야 나도 모른다. 그냥 그 문장을 읽으면서 어떤 생각이 떠올랐기 때문이리라. 다음에는 나도 적확성을 추구해야겠다는……. 그런데 무엇을 위한 적확성이란 말인가? 그것은 섹스일 수도 있고 글쓰기일 수도 있고 사회생활일 수도 있다. 그 적확성이 무엇을 위한 것이든 지금 내가 알 바는 아니다. 그 문장에 밑줄을 그을 때의 나는 3주 전의 나이므로. 그때의 나는 지금의 내가 아니므로. 만약 당신이 내 『1Q84』를 빌려가서 '뭐 이 따위 문장에 줄을 그어 놨을까? 이 친구 변태 아냐?'라고 생각해도 할 수 없다.

3주 전에 나는 무얼 하고 있었던가. 아마 섹스 또는 글쓰기 또는 인간관계의 부적확성에서 오는 고통을 맛보고 있었을지 모른다. 사정 시기의 부적확성 때문에 애인한테 핀잔을 들었거나 글쓰기의 부적확성 때문에 편집자한테 트집을 잡혔거나 인간관계의 부적확성 때문에 친구한테 욕을 먹었을지도 모른다. 그러거나 말거나. 나의 『1Q84』는 내가 그것을 읽고 있을 때에만 나의 것이다.

그러므로 내가 『1Q84』를 당신에게 빌려준다면, 그 순간 그 책은 당신의 『1Q84』가 된다. 자, 여기 있다. 한때 나와 사랑을 나눈 여인을 곱게 보내나니, 이제는 그 여인의 가슴 위에 당신의 흔적을 남겨라.

『1Q84』는 무엇에 관한 이야기인가. 이 책에는 덴고라는 남자와 아오마메라는 여자가 나온다. 그리고 1984년의 일본 상황, 밀교, 암살 집단, 과격 노선을 지향하는 운동권 스토리, 베스트셀러 대필 사건 등이 얽히고설킨다. 지금 덴고는 남의 소설을 써주는 학원 강사이고 아오마메는 스포츠센터 강사이면서…… 킬러다. 이 책은 폭력과 신비와 추리와 시대를 이야기한다. 그러나 결국 하루키가 하려는 이야기는 이것이다. 사랑.

아오마메와 덴고는 초현실적으로 사랑한다. 서로를 만나지도 않으면서 십 수 년 동안 사랑하고 있다. 아오마메는 덴고가 세상에 살아 있는 것 말고는 중요한 것이 아무것도 없다고 믿는다. 덴고는 아오마메에 대한 사랑이 사라지는 일은 영원히 없을 것이라고 생각한다.

그러나! 서로를 그토록 그리워하면서도 정작 섹스는 다른 사람과 한다. 덴고는 연상의 유부녀와 일주일에 한 번 만나 사랑 없는 섹스를 한다. 아오마메는 고급 바에 들러 머리가 약간 벗겨진 그녀의 이상형인 숀 코네리 스타일의 중년 남자를 꼬셔서 역시 사랑 없는 섹스를 한다. 이

모순! 하루키에게 불만이다. 서로 사랑하는 사람끼리 자게 해줘야지!

1984, 빛나는 청춘의 기억

'1Q84'는 1984년을 뜻한다. 1984년이면서 1984년이 아닌 한때를 말한다. 1984년에 나는 무엇을 하고 있었던가. 그때 나는 대학 1학년이었다(아…… 나이가 나온다).

나는 이 책을 읽고 오랜만에 신촌에 나가봤다. 빵을 나눠주던 다방은 복합 상가로 변했다. 늦도록 문학과 역사를 논하던 카페 '섬'이 있던 골목은 찾지도 못하겠다. 허름한 구름다리 옆길은 세련된 모습의 술집과 음식점으로 채워졌다. 학교에 들어가봤다. 중앙도서관 뒤로 디지털도서관이 보인다. 아날로그의 성채 뒤에 빛나는 e-멋진 세상의 파라다이스! 쿨하다.

나는 1984년에 신촌에서 쏟았던 눈물을 기억하고 있다. 왜? 대학에 들어가서 멋모르고 데모 행렬에 참여했다가 쓰라린 최루탄 맛을 봤기 때문이다. 나는 1984년에 뱉었던 소화액들을 아직도 기억하고 있다. 왜? 고교동문회와 학과에서 마련해준 신입생 환영회 때 사발에 소주를 담아 마시고 뻗었기 때문이다. 나는…….

1984년에 흘렸던 피를 아직도 기억하고 있다. 왜? 사랑 때문이다.

나는 고등학교를 졸업하고 대학에 들어가기 전, 지금은 사라진 커널리라는 패스트푸드점에서 아르바이트를 했다. 이때 의예과 2학년이던 한 여인을 만났다. 나보다 네 살이나 많은 누나였다(나는 빠른 84, 그녀는 재수생). 그녀를 아오마메라 하자.

아오마메는 아름답고 지적이었다. 내가 불문학과에 합격했다는 소식을 듣고 그녀는 앙드레 말로의 『인간의 조건』을 선물해줬다. 나는 이해하지도 못하면서 그 책을 다 읽었다. 우리는 책 이야기도 하고 영화도 보고 캠퍼스를 거닐면서 연애를 했다. 그러다 책 이야기와 영화 관람과 캠퍼스 산책 시간이 점점 줄어들었다. 아오마메가 세 들어 사는 봉원동의 다세대 주택에서 지내는 시간이 많아져서였다. 연애를 하면 모든 예술적 향유는 뒷전이 된다.

아오마메는 내게 말하곤 했다. "나의 페리니엄perineum[1]에 열상이 나고 너의 글랜스glans[2]에 자상이 생길 때까지 사랑을 나누자"고. 그녀는 나와 자신의 벗은 몸을 보며 다양한 해부학 용어를 알려줬다. 아오마메는 불을 끄지 않고 섹스하기를 즐겼다. 그녀를 위해 나는 기꺼이 마루타가 되었다. 미래의 여의사와 사랑을 나누기 위해 나는 몇몇 단어를 기억해두어야 했다.

"오른쪽 매밀라mammilla[3]에 설라이버saliva[4] 좀 더 발라 봐." "테스티스testis[5]에 이렇게 해주면 좋아?" "난 클리토리스clitoris[6] 스타일이야. 하지만 내 래이비엄 마이너스labium minus[7]도 무시하지 말아줘……."

나는 그녀에게 길들여졌고 그녀는 나에게 만족했다. 대학에 들어가

1.perineum 회음 **2.**glans 귀두 **3.**mammilla 유두 **4.**saliva 침

5.testis 고환 **6.**clitoris 음핵 **7.**labium minus 소음순

고 나서 첫 여름 방학 때 우린 텐트를 메고 강촌에 가서 일주일 동안 텐트 밖 10센티미터를 벗어나지 않았다. 먹고 자고 사랑할 뿐이었다.

아오마메는 내게 집에 오기 전에 먼저 전화를 하라고 말했다. 순진했던(?) 나는 그녀의 집으로 가기 전에 꼬박꼬박 전화를 걸었다. 그러나 가을 학기가 시작된 이후로 그녀는 열흘 동안 내 전화를 받지 않았다. 나는 궁금해서 견딜 수가 없었다. 무슨 일일까? 어디 아픈 걸까? 내가 싫어진 걸까? 연애는 서로에게 살았는지 죽었는지 고지하는 행위다. 그 의무를 거부할 때 연애는 끝난다.

연락이 끊겨 몸이 달아오른 나는 그녀의 집 근처를 배회했다. 수업이 끝나면 봉원동으로 달려가 어슬렁거렸다. 사랑하면 스토커가 되는 걸까. 열정에 사로잡힌 인간이 한순간 미치지 않으리라고 어느 누가 장담할 수 있겠는가. 이렇게 스파이 짓을 하던 어느 날이었다. 그녀는 증권회사에 다니는 K와 함께 나타났다. 나는 다른 집 대문 뒤로 몸을 숨겼다. 둘은 집으로 들어갔다. 3층 그녀 방에 불이 켜졌다. 그리고 그 불은 밤새 꺼지지 않았다.

나는 미쳐버렸다. 그녀의 집 근처에서 밤새 술을 마시고 전화를 했다. 그녀는 끝내 전화를 받지 않았다. 새벽녘에 봉원동 앞 육교를 건너다가 나는 육교의 난간에 머리를 박기 시작했다. 이마가 찢어지고 피가 날 때까지 몇 번이고 짓이겼다.

다음날 병원에 가서 다섯 바늘을 꿰맨 뒤 그녀를 잊기로 했다. 그녀를 잊는다고? 좋다. 그녀는 잊을 수 있다. 그러나 그녀의 입술과 겨드랑이와 허벅지는 잊을 수 없었다. 내 귀에 속삭이던 밀어는 잊을 수 있었으나 내 귀에 들어오던 혀는 잊을 수 없었다. 허리를 젖히며 웃던 모습은 잊을 수 있었으나 어린 시절을 이야기하며 흘렸던 눈물은 잊을 수 없었다. 그녀의 편지는 불태워버릴 수 있었으나 그녀의 냄새는 지워버릴 수 없었다. 그녀는 나의 1984였고 1Q84였다. 나의 베아트리체, 나의 로테, 나의 아오마메였다.

한 달 뒤, 아오마메를 만났다. 수척한 모습이었다. 나는 물었다.

"왜 그렇게 얼굴이 상했어요?"

"어보션abortion[8] 했어."

"……"

"그동안 연락 못 해서 미안."

"괜찮아요."

"그런데 너 이마는 왜 그래?"

"그냥, 넘어져서 다쳤어요."

"너나 나나 피 봤네. 크크크"

"히히히……"

"몸이 좋아지면 다시 보자."

나는 그때 깨달았다. 내가 아오마메를 절대 잊을 수 없으리라는 것을. 청춘의 빛나던 시절, 나에게는 아무것도 중요하지 않았다. 나의 아오마메가 살아 숨 쉬고 있다는 사실 외에는. 그거면 충분했다. 인생의 의미 따위는 없어도 괜찮았다.

8.abortion 낙태

고랑 몰라

*

서명숙, 『놀멍 쉬멍 걸으멍 제주 걷기 여행』

한 사람이 자신의 고향에 바칠 수 있는 최고의 찬사는 무엇일까?

고향에 대한 노래를 만들거나 퇴직하고 고향에 돌아가 살거나 또는 길을 만들어 걷는 것이다.

여기 한 여인이 있다. 고등학교를 졸업하고 고향을 등진 그녀는 서울에서 기자가 된다. 25년간의 직장 생활을 그만두고 떠난 스페인 산티아고의 길 위에서 그녀는 문득 깨닫는다. '내 고향 길이 여기보다 낫다!'

그녀의 이름은 서명숙이다. 스페인에서 돌아온 그녀는 고향에 원래 있었던 길을 걷고 나서(길 몇 개는 해병대원과 함께 만들었다), 그 길에 평범한 이름을 붙였다. 올레. 올레는 제주도 말로 '길'이란 뜻이다. 차가 다니는 큰길이나 아스팔트길이 아니다. 골목길, 오솔길, 숲길처럼 사람이 걸어서 지날 수 있는 길을 말한다.

길이란 만든다고 만들어지는 것이 아니다. 걸으면 길이 되고, 길이기 때문에 걷는 것이다. 그러나 이미 있었던 꽃이라 해도 우리가 장미라는 이름을 붙이기 전까지 장미가 아니듯, 이미 있었던 길이라 해도 우리가 '올레'라 이름 붙이기 전까지는 '올레'가 아니었다. 내 후배 고강현은 말한다.

"거, 제주도 올레길이라는 것이 마씸. 제주 사람들이 다 알고 걷고 하는 길이주. 뭐 따로 코스 만들고 이름 붙일 필요 없어 마씸. 원래부터 우리 제주 사람들은 그냥 다 걸어봤다 이말. 새삼 호들갑 떠는 게 더 우습주."

후배의 애향심을 무시하진 않는다. 그러나 사람들이란 스토리 없는 존재를 잊기 마련이다. 올레는 서명숙 이전에도 있었고 이후에도 있었을 것이다. 아메리카가 콜럼버스 이전에도 있었듯이. 그러나 서명숙이 있었기 때문에, 그녀가 고향의 순박한 길에 올레라 이름 붙이고 그 길에 얽힌 이야기들을 써놓았기에, 해마다 수백만 명이나 되는 관광객이 단지 제주도 시골길을 걷기 위해 비행기를 탄다. 그녀가 없었다면 올레도 없었다.

산티아고에서 제주를 떠올리다

『놀멍 쉬멍 걸으멍 제주 걷기 여행』(이후 『놀멍 쉬멍』)은 서명숙이 올레를 알리기 위해 쓴 첫 책이다. 『놀멍 쉬멍』은 책 한 권이 어떻게 섬을 바꾸고, 도道를 움직이고, 온 나라의 여가 풍토까지 바꿀 수 있는지를 보여줬다. 그녀는 뒤이어 『꼬닥꼬닥 걸어가는 이 길처럼』(이후 『꼬닥꼬닥』)을 냈다. 나는 우선 『놀멍 쉬멍』을 읽었다. 2008년 출간된 이 책에는 제주올레 1~7코스가 소개되어 있는데, 올레는 현재 18코스까지 조성되었다. 『놀멍 쉬멍』에 소개된 코스는 이후 바뀌었는데, 새로운 코스에 대한 소개는 『꼬닥꼬닥』에 나온다.

서명숙은 왜 타국의 순례길에서 올레를 만들 생각을 했을까.

> "당신의 나라에 당신의 길을 만들어라"
>
> 산티아고 길에서 만난 영국 여자 헤니가 던진 한마디가 이후 내내 귓전에 맴돌았다. 그녀의 말은 내게 이미 화두로 자리 잡았다. 한국에 무사히 돌아온 것을 축하하는 자리, 산티아고 길만큼, 아니 그보다 더 아름다운 제주 길을 만들겠다는 포부를 밝혔더니 모두 쌍수를 들고 환영했다. 가장 기뻐한 건 역시 이유명호 선배였다. "이제 철이 났네. 스페인 관광청 좋은 일만 시켜줄 일이 뭐 있냐구. 알고 보면 제주도가 더 멋지지. 산티아고 떠날 때 내가 뭐랬어. 한국에도 좋은 길이 많다고 그랬잖아." "산티아고 길을 걸었으니까 이런 생각도 하게 된 거지. 해외 견학 다녀온 셈 아니냐구요."
>
> 내 반격이었다.

멋진 여자들이다! 나는 이런 대화를 나누는 여자들을 아름답다고 생각한다. 성형으로 코를 고치고, 외출 전에 반드시 자외선 차단제를 바르고, 낭창낭창하게 걷는 날씬한 여자들만 아름다운 것이다. 이런! 오타다. (이런저런 이유로) 날씬한 여자들만 아름다운 것은 아니다.

제주 출신의 아름다운 여자 서명숙은, 포부를 밝힌 그날부터 고향의 시골길을 걷기 시작한다. 성산일출봉이 바라다보이는 제1코스를 시작으로 온평포구의 제7코스(『놀멍 쉬멍』에 실린 업데이트 이전 코스 기준)까지. 그녀는 걷고 놀라고 감탄하고 다시 맹세한다. '이건 길이 아니야. 이건 삶이고 꿈이고 철학이고 아름다움이야. 반드시 이 길을 알리고야 만다!'

아름다운 여자 서명숙은 길의 아름다움을 이렇게 깨닫는다.

> 바다가 내려다보이는 솔숲은 서귀포 초·중·고교생들의 사철 소풍장소였다. 시내 중심가의 학교에서 외돌개까지 가는 길이 얼마나 아름다운지 어린 시절에는 미처 몰랐다. 동무들과 재잘재잘, 와글와글 떠드느라 정신이 없었으니.
>
> 이제 어른이 되어, 마흔이 넘고 오십 줄에 들어서서, 외돌개로 가는 길을 홀로 걷노라면 절로 눈물이 난다. 슬퍼서도, 외로워서도 아니다. 다들 나만큼은 외롭고 고단한 인생일 터. 한 평생 사람들 틈바구니에서 버둥거리며 사는 게 어디 쉬운 일인가.
>
> 눈물이 나는 건 이 길에 깃든 절대적인 아름다움 때문이다. 어찌 이런 풍광이, 이런 바다 빛이 가능한 것일까. 나는 전생에 무슨 복을 지었길래 이런 곳에서 나고 자란 걸까. 그런데도 왜 이곳을 떠나 회색 도시를 헤맸던 걸까.
>
> 아니다. 어쩌면 이곳에 부재했기에, 다른 세상을 떠돌았기에, 이곳의 아름다움에 눈뜨게 되었는지도 모른다. 먼지를 잔뜩 뒤집어쓴 플라

타너스가 초록의 전부인 빌딩숲 속, 자동차 소음이 스물네 시간 끊이지 않는 광화문통에서 20년 가까이 시달려 보았기에 외돌개가 주는 위안과 평화에 무릎 꿇고 항복하게 된 것이다.

제주, 그녀

나는 제주도 출신 여자를 사귀었던 적이 있다. 직장에 다니며 안정적 수입('안정적 수입'이라는 말은 세상에서 가장 달콤한 어휘의 조합이다) 을 얻었던 한때, 나는 그녀에게 잘 보이려고 강릉 경포대에도 데려가고, 대천해수욕장에도 같이 가고, 지리산에도 함께 갔다. 그러나 그녀는 늘 시큰둥했다. 나에겐 멋진 바다, 기막힌 산, 아름다운 숲이었는데 말이다. 내가 그녀에게 "멋지지 않아?"라고 물으면, 그녀는 "으응? 으응……"이라고 할 뿐이었다. '뭐지? 이 뜨뜻미지근한 반응은?' 나는 무뚝뚝한 주인 앞에서 꼬리 치는 강아지가 된 느낌이었다.

어느 가을 날, 단풍으로 물든 계룡산 중턱에서 나는 결국 폭발하고 말았다.

"왜 그래? 나는 애써서 운전하고 코스 짜고 시간도 냈는데, 한 번쯤 멋지다고 해줄 수도 있는 거 아냐?"

그녀는 대답 대신 알듯 모를 듯 미소만 지어 보였다. 그녀가 그날 밤 민박집에서 뜨거운 애무로 나를 녹이지 않았던들, 나는 그녀에게 안녕을 고했을 것이다. '감동할 줄도 모르는 여자'라는 오명을 안긴 채.

얼마 뒤 그녀는 제주행 비행기표 두 장을 끊어 왔다. 나는 그녀와 함께 제주도를 방문했다. 초행길이었다. 야자수! 제주 공항에 내린 순간, 나는 입이 벌어졌다. 그녀는 택시를 대절해 중문으로 향했다. 5·16도로의 한라산! 나는 뒤통수를 맞은 듯했다. 주상절리! 나는 기겁했다. 정방폭포! 나는 혼절할 뻔했다. 아기자기한 남국의 풍경과 현무암으로 어우러진 경계의 진기함, 생전 처음 보는 난대성 식물의 풍요로움은 덤이었다. 아아…… 이런 곳에서 나고 자란 그녀가 다른 땅의 모습에 어찌 만족하겠는가? 내내 말없이 나를 안내하던 그녀는 저녁 무렵 입을 열었다.

"고랑 몰라(말해봐야 몰라)……"

나는 그날 밤 그녀에게 무릎을 꿇고(그녀가 "꿇어!"라고 말하기 전에 알아서 꼬리를 내렸다), 지난날 계룡산에서 그녀가 나에게 해주었던 애무를 배로 되돌려주어야 했다.

올레길에 여자가 많은 이유

나는 그동안 수도 없이 제주를 방문했다. 촬영 때문에, 강연 때문에, 행사 때문에, 혹은 그저 놀기 위해서. 그런데도 제주에 올 때마다 그녀가 가진 천 가지 얼굴 때문에 놀란다(나는 제주도가 여성성을 가졌다고 믿는다. 제주도를 3인칭으로 부를 때 '그'라고는 부를 수 없을 것 같다). 그녀는 볼 때마다 새롭고 느낄 때마다 다르고 만질 때마다 신선하다. 제주는 여자가 분명하다, 그것도 세상에서 제일 멋진!

『놀멍 쉬멍』을 읽고, 나는 제주행 비행기에 올랐다. 대평리에서 중문, 월평포구로 이어지는 4코스(현재 8코스)를 택해 걸었다. 평일의 제주 올레길은 한산했다. 하지만 주말이면 유명한 올레 코스는 줄서서 걸을 정도라고 한다. 어디든 유명해지면 붐비는 법이다. 사람들이 적은 길을 택하거나 평일에 내려오는 수밖에 없다.

대평리에서 왼쪽으로 바다를 두고 걷다 보면 중문축구장이 나온다. 잔디가 중부 지방의 그것과 다르다. 어쩌면 저렇게 탐스러운지. 축구장에서는 잠시 길을 잃기도 한다. 축구장 부지 오른쪽으로 들어서자 작은 샛길이 하나 나오는데, 맞는 길인지 막다른 골목인지 헛갈린다. 모른 척하고 그 길을 따라 오른다. 그리고……

나는 세계 6대륙을 여행했다. 남아프리카공화국의 희망봉 해안과 안데스 산맥, 쿠바의 해변, 칸쿤의 호숫가를 거닐었다. 멜버른의 태양, 마이애미의 바람, 푸껫의 석양도 느껴봤다. 핀란드의 눈밭, 탈린의 중세도로, 아마존 강변도 걸어봤다. 단언컨대 세계 그 어느 곳보다도 아름다운 곳이 제주 올레에 있다. 중문축구장 위 이름 없는 작은 공원. 이곳에 들어선 순간 내 머릿속에 떠오르는 단어는 하나였다. 천국. 도서관도 와인도 음악도 필요 없다. 와서 보라. 이런 모습이 바로 천국의 모습이다. 천국에 잠시 체류했던 나는 중문을 거쳐 대평으로 향한다.

제주 올레는 여자들이 많이 찾는다. 4코스를 걷는 동안 만난 사람 가운데 여성이 80퍼센트 이상이었다. 왜 올레길에는 여자가 많을까? 작가 심산의 말을 들어보자.

길을 내는 것은 예전부터 남성의 영역에 속해 있었다. 그리고 남성들이 길을 내는 이유는 단순무식(!)하다. 전쟁 혹은 경제를 위해서다. 인간이 갈 수 있는 가장 험난한 길을 추구하는 알피니즘 역시 남성들의 전유물이다시피 했다. 그들은 '어려운 길'과 '위험' 그리고 '한계에의 도전'을 추구해왔다. 하지만 여성들이 만들어가고 있는 제주올레는 이와 전혀 다르다. 제주올레는 '아름다움'과 '관계'를 지향한다. 경제적 이익이나 정복의 성취감 따위는 안중에도 없는 대신 다만 길 자체의 아름다움을 추구하는 것이다. 그 길을 걸으며 새롭게 형성되는 사람 및 사물들과의 관계에 탐닉하는 것이다.

사정이 이러하다 보니 이른바 남성 산악인들은 이 길에 금세 흥미를 잃고 만다. 제주올레에는 체력을 소진하고 한계에 도전하여 무언가를 성취해냈다는 자부심(?)을 선사해줄 만한 그런 길이 없다. 실제로 내 주변의 지인들 중 몇몇은 제주올레를 다녀온 후 이렇게 반문한다. 그게 뭐야? 이게 다야? 제주올레의 전 코스를 3박 4일 만에 종주했다는 한 친구는 여전히 무언가 미진한 표정으로 고개를 모로 흔든다. 너무 시시하던데? 차라리 불수도북(불암산-수락산-도봉산-북한산 종주 코스)이나 한 번 더 뛸걸 그랬어. 이런 친구들에게는 그저 피식 웃어줄 도리밖에 없다. 그들에게는 제주올레라는 '전혀 새로운 길'을 음미할 만한 준비가 되어 있지 않은 것이다. 〈제민일보〉 2009년 10월 24일

서명숙은 이렇게 말한다. 여성이 남성보다 자연친화적이고 덜 경쟁적이어서 평화로운 올레, 생태주의 올레를 더 좋아하는 것이라고. 남

자들은 업적 지향적이지만 여자들은 관계 지향적이라고. 생명을 잉태하고 생명을 낳아본 여자는 우주에 깃든 모든 생명에 본능적인 외경심을 갖는다고.

어쩌면 제주 그녀는 이성이니 양성이니 하는 구분을 넘어선 생명 그 자체일지도 모른다. 제주올레에 한번 맛 들인 사람들은 자꾸 그곳을 찾는다. 젖먹이가 어미의 품을 찾듯이, 사랑에 빠진 남자가 애인을 찾듯이, 도박에 미친 개그맨이 카지노를 찾듯이 사람들은 올레를 찾는다. 왜 그 자그마하고 소박한 길에 매료되는지는 말로 설명할 수 없다. 다만 나는 아직 올레를 걸어보지 못한 사람들에게 이렇게 뇌까리고 싶다.

"고랑 몰라."

사랑에 관한 책이거나 혹은 아니거나

*

강도하, 『세브리깡』

정혜윤 작가가 쓴 『세계가 두 번 진행되길 원한다면』은 좋은 책이다. 뒤에 백지가 무려 다섯 쪽이나 있다. 나는 그 빈 공간에 이 글을 쓰고 있다. 물론 정혜윤의 『세계가 두 번 진행되길 원한다면』은 읽기에도 좋은 책이다. 깊이 있고 두껍고 사랑스럽다. 책은 그것을 쓴 사람을 닮았다. 나는 이 책을 읽으면서 접고 찢고 밑줄을 그었다. 책을 닮은 그 사람에게도 밑줄을 그을 수 있을까? 얼마 전, 정혜윤을 만나 물었다. "당신은 왜 글을 씁니까?"

"더 좋은 사람이 되기 위해서." 그가 답했다.

나는 그의 대답에 밑줄을 그었다. 나도 그처럼, 좋은 사람이 되기 위해 좋은 글을 썼으면 좋겠다. 그러려면 그처럼 깊이 있고 두꺼운 책들을 읽어야 한다. 그런데 현실은?

나는 만화책이나 읽고 있다. 앞 문장에 붙은 '이나'라는 조사를 용서

해달라. 한 컷을 그리기 위해 땀 흘리는 만화가들을 폄하하려는 것이 아니다. 만화가 가진 문화적 영향력을 무시하려는 것도 아니다. 보르헤스와 투르니에와 칼비노의 책을 읽어야 한다고 부르짖는 내 자아가 만화책을 읽고 있는 또 다른 나에게 하는 말일 뿐이다.

그러거나 말거나, 나는 사랑에 대한 만화 『세브리깡』을 읽었다. 사랑에 대한 이야기를 하고 싶어서다. 대체로 세상의 모든 글은 두 종류다. 사랑에 대한 것과 그 외의 것. 나는 역사와 물리학과 천문학에 대한 글도 사랑에 대한 것으로 환치해 읽는 버릇이 있다. 아이작 아시모프가 1979년 〈데일리 텔레그라프〉에 게재한 블랙홀에 관한 글을 읽었을 때도 그랬다.

"태양을 압축해서 지름을 5.8킬로미터로 만든다 치자. 어떤 물체의 중력장으로부터 탈출이 가능한 최소 속도를 탈출속도라 하는데 위의 압축된 태양에서는 빛의 속도인 초당 30만 킬로미터도 탈출속도에 미치지 못한다. 때문에 빛마저 이 별에 잡혀 있게 된다. 이 세상에 빛의 속도보다 빠른 것은 없으므로, 이러한 별로부터 탈출할 수 있는 것은 아무것도 없다. 이렇게 압축되어 줄어든 태양에 끌려 들어간 것은 어떤 것도 다시 빠져나올 수 없게 된다. 이 별은 끝없이 깊은 수렁처럼 극히 어둡게 보이는 우주 속의 공간이 된다."

나는 압축된 태양에 물체가 끌려 들어가는 모습이 사랑에 빠진 내 모습처럼 느껴졌다. 사랑하는 그녀는 블랙홀이고 나는 이제 빛의 속도로도 탈출하지 못하게 됐다. 그러나 그 어떤 것이 태양을 압축할 수 있단 말인가? 우주의 크기와 힘에 맞먹는 내 안의 생각과 집착 말고.

강도하의 연애만화

강도하의 연애만화라는 부제가 붙은 『세브리깡』은 얽히고설킨 네 쌍의 사랑 이야기다. 반 백수인 이십대 이글과 그를 죽자 사자 쫓아다니는(스토킹하는) 초연, 초연을 피하기 위해 이글이 만든 가짜 연인인 또랑이 주인공이다(또랑의 별명이 세브리깡인데 이 이름은 "배 수한무 거북이와 두루미 삼천갑자 동방삭…… 세브리깡"으로 이어지는 저 유명한 코미디 장면에 나오는 그 세브리깡이다. 이때 나왔던 코미디언들이 배삼룡, 구봉서, 이기동이다. 이 사람들을 알면 구세대, 모르면 신세대!).

또랑을 따라다니며 데이트 한 번 하자고 조르는 대근 아저씨, 마음속에 사랑을 지닌 채 말도 못하며 애태우는 진구, 진구의 마음속 연인이지만 평일과 휴일에 전혀 다른 모습으로 살아가는 봄비, 다른 남자와 눈 맞아 외국으로 떠난 애인을 잊지 못해 매일 그녀 집으로 찾아가는 혁도. 따지고 보면 『세브리깡』에 나오는 캐릭터 가운데 제대로 된 사랑을 하는 사람은 없다(세상에 제대로 된 사랑이라는 것이 있던가. 미친 사랑이거나 심심한 연애 둘 중 하나 아닐까).

심상대의 소설 「핑크노트」를 보면 미친 사랑의 이야기가 등장한다. 한 여인이 노트에 일기를 쓴다. 일기의 내용은 사랑하는 사람을 기다리며 설레는 마음이다. 문제는 이 사랑이 일방적이라는 것이다. 주인공의 독백은 대체로 이런 식다.

오빠, 언제 와? 오빠 안 오면 나 심심해. 오빠 미워…… 오빠 기다릴게. 오빠 내 맘 너무 몰라줘. 오빠 없는 동안 나 뭐해? 오빠 금방 올 거지? 오빠가 세 시에 온다고 했으니까 난 오전 11시부터 준비할 거야…… 오빤 왜 나 무시해? …… 오빠 사랑해. 오빠 정말 싫다! 오빠 내 맘 알지? 오빠 진짜 짜증나! …… 오빠 보고 싶어……

청자의 응대 없이(실은 응대를 무시한) 철저히 자신만을 위한 독백을 하는 주인공 여인은 끝내 비극적으로 생을 마감한다. 때로 사랑은, 사랑이라 착각하는 행위는 이렇게 극단적인 선택을 하게 만든다. 모든 사랑은 쌍방통행이며 커뮤니케이션이다. 그러므로 당신이 아무리 아름답게 추억하고 있을지라도 중학교 때 흠모했던 영어 선생님에 대한 짝사랑은 사랑이 아니다(가끔 고등학교 선생님과 결혼하는 여학생은 있다. 졸업하고……).

『세브리깡』의 주인공 이글과 초연만 봐도 제대로 된 사랑을 하지 못한다. 초연은 고등학교 때부터 10년 가까이 이글을 뒤쫓고(!) 있다. 이글이 그렇게 싫다는데도 초연은 아랑곳하지 않는다. 이글의 소원은 초연이 제발 자신을 가만 놔두었으면 하는 것이고, 초연의 소원은 이글이 제발 자신을 받아주었으면 하는 것이다. 이글은 초연 몰래 집을 옮기기도 하지만 초연은 어떻게 알았는지 그곳까지 찾아온다. 이글이 초연을 협박하고, 내치고, 달래도 소용없다. 초연은 막무가내다.

어떻게 이런 일이 있을 수 있을까? 이런 일은 일상다반사다. 사랑을 할 때는, 아니 자신이 누군가를 사랑한다고 착각할 때 가끔 우리는 블랙홀이 되곤 한다. 나와 그, 나와 그를 둘러싼 모든 것, 사랑조차도 흡수해서 무위로 만들어버리는 탈출 불가능의 중력장이 우리가 흔히 사랑이라고 오해하는 것의 단면이다. 왜 이런 일이 생기는 것일까?

이 대목에서 나는 정혜윤의 글이 떠올랐다.

사랑에 빠진 사람에게 세상 만물의 고유한 의미라는 것은 존재하지 않고 오로지 사랑이 부여하는 해석만이 남는 것은 명명백백한 일이니, 베르테르가 "지금처럼 내가 이렇게 행복했던 적이 없다."라고 고백을 하는 동안 조그만 돌멩이, 어린 풀 잎사귀에 이르기까지 그의 민감한 감각 안에서 아름다움으로 휘감기지 않은 것은 없었다. 새로운 날이 시작되는 이유, 아침에 눈을 뜨고 밤에 잠을 자야 하는 이유! 그것은 오로지 로테에게 있었다. 아침에 눈을 떠 찬란한 태양을 보면서 "오늘 나는 그녀를 만난다!"라고 외치고 나면 다른 소망없이 모든 것이 그녀를 만난다는 한 가지 기대 속으로만 얽혀 들어가는 그런 나날들이었던 것이다. 사랑과 자기만의 의미로 충만한 순수한 젊은 남자들은 자기가 사랑하는 여인을 여신으로 만든다.

(중략) 흠모하는 이의 가벼운 뿌리침 한 번만으로도 치명적인 상처를 입게 되는, 너무나 가련하고 나약한 몸뚱이가 오히려 활활 타오르는 관능 그 자체였던, 그런 어린 날을 알고 있는 우리는 아직도 이 문장의 그 수줍고 질긴 통제불능 관능에 엄지발가락부터 손톱 끝까지 동의할 수밖에 없다. 그러나 순진무구한 사랑은 평온함을 대가로 요구하고, 그것에 몰두하는 사람은 반드시 우울해지나니, 그는 서서히 고뇌에 빠진다. 『세계가 두 번 진행되길 원한다면』

우리에게도 그런 날이 있었을까? "사랑과 자기만의 의미로 충만했던" 시절이, "흠모하는 이의 가벼운 뿌리침 한 번만으로도 치명적인 상처를 입었던" 시간이, "가련하고 나약한 몸뚱이가 오히려 활활 타오르는 관능 그 자체였던" 나날이…… 아니, 도대체 순수했던 적이 있기나 했던 걸까? 아니, 도대체 지난 시간이라는 것이 있기나 했던 걸까? 나는 살기는 살았던 것일까? 나는 살고는 있는 것일까? 사랑이 없는데.

자신을 바닥까지 끌어내린 채 무작정 이글의 꽁무니를 좇아다니는 초연에게 그녀와 아무 상관없는 혁도가 이렇게 말한다.

"자신을 아껴요! 자기가 자신을 존중해야 합니다. 그래야 상대도 존중해요!!"

우리가 스스로를 블랙홀로 만드는 한, 사랑에 희망은 없다. 사랑한다면 사랑을 놓아주어라. 그러면 우리의 존재는 빛의 속도로 달아나리라. 사랑한다면 사랑을 멀리해라. 우리의 영혼은 은하처럼 빛나리라. 사랑한다면 문자질부터 끊어라. 우리의 그리움이 그토록 막중하게 느껴졌던 중력장을 무시하고 탈출속도로 벗어나리라.

사랑이 뭘까

"도대체 사랑이 뭔가요?"

『세브리깡』을 함께 읽던 그녀가 물었다. 나는 뭔가 멋진 대답을 해주고 싶었다. 나의 대답은 30분이 넘게 계속된다. 그녀는 하품을 한 번 하더니 웃옷을 벗는다. 내 요설은 지겹고 낡았다. 그녀의 탈의는 눈부시다. 그녀는 나를 껴안는다. 나는 깨닫는다. 처음부터 설명하는 게 아니었어.

사랑하는 사람에게 입술은 말은 적게 키스는 많이 하라고 달려 있는 것이다. ("오직 너만이 내 질문의 의미를 이해하는 어떤 것! 오직 너만이 나의 정직한 대답! 그것은 달콤한 키스와 같은 것." 솔로몬의 말을 정혜윤의 위 책에서 보고 훔쳐 적는다.)

사랑하는 사람에게 피부는 옷으로 감싸는 것이 아닌 서로를 위한 옷이 되라고 있는 것이다. 사랑하는 사람에게 점막은 신진대사를 위한 끈끈이가 아니라 육신의 합일을 위한 윤활유일 뿐이다. 사랑하는 사람에게 이성은 우주와 세계의 구성 방식을 이해하기보다는 서로를 향한 과도한 감정을 억제하는 데 쓰라고 있는 것이다. 사랑하는 사람에게 고통은 사랑을 더 하지 못해서가 아니라 사랑을 줄이지 못해서 느끼는 그 어떤 것이다.

사랑이 쾌락만 줄 것이라고 생각하면 오산이다. 사랑은 쾌락만큼 고통도 준다. 기실 사랑이 우리에게 주는 것은 쾌락이라 느껴지는 고통이고, 고통이라 느껴지는 쾌락이다. 프로이트는 말했다. 다른 사람에게 고통을 가하며 쾌감을 느끼는 사람은 자신이 만든 그 어떤 고통도 쾌락으로 즐길 수 있다고. 모든 고통은 그 속에 쾌감의 가능성을 내재한다고. 언제나 사디스트는 동시에 마조히스트라고.

W.H. 오든은 프로이트를 기리는 시에서 이렇게 말했다.

> 프로이트라면 우리가 밤중에
> 가장 정열적이라는 점을 명심하기를 바랐으리라
> 어두운 밤만이 우리에게
> 경이로운 감각을 준다는 것을

그러나 밤 또한 우리의 사랑을 필요로 한다
그 크고 슬픈 눈으로 밤을 즐기는 피조물들은
우리를 올려다보며 조용히 간청한다

그들도 데려가 달라고 미래로
우리들 손아귀에 있는 미래로
그들은 미래를 갈구하는 망명자
그들 역시 즐거워할 테지
계몽을 위해 밤이 봉사하도록 허락한다면

—「지그문트 프로이트를 기념하며」

『세브리깡』을 집어 던진 그녀가 "너무 밝아요." 라고 말하며 커튼을 내린다. 오후 4시를 한밤중으로 만드는 마술은 일식 때만 일어나는 것은 아니다. 나는 책들의 제목이 잘 보이지 않게 되자 비로소 안도의 한숨을 내쉰다. 낮은 계몽을 위해 일해야 하는 시간. 어차피 해가 뜨면 (커튼을 걷으면) 우리는 숨 돌릴 틈 없이 저 거대한 노동의 물결 속에 휩쓸리고 또 가야만 하리라. 다행히 우리는 지금 어둠 속에 있다. 우리는 어둠을 필요로 하고, 어둠은 우리의 사랑을 필요로 한다. 우리는 밤을 즐기는 피조물, 우리는 미래를 갈구하는 망명자, 우리는 밤의 봉사자. 아아, 우리의 경이로운 감각은 떨며 외친다.

"입술을! 피부를! 점막을! 사랑하는 사람을 위한 모드로!"

여행은 결혼과 같다

*

이경희·이무연·임민수 엮음, 『아틀라스 세계지도』

나는 한때 세계 6대륙을 돌아다녔다. 핀란드의 북극권 로바니에미에서 남아프리카공화국의 케이프타운까지, 쿠바의 아바나에서 아마존 밀림까지, 아시아의 산에서 호주의 바다까지. 여행은 내 삶이었고 여행하는 길 위에서 나는 자유로웠다. 누군가 내게 "제일 좋아하는 음식이 뭐냐?"고 물으면 나는 서슴지 않고 대답했다. "기내식."

철없이 돌아다니던 시절에 나는 이런 시를 썼다.

비행기 엔진 소리만으로도
누정漏精을 한다
외로움으로 다림질한 코트를 입고
낯선 곳에서 하룻밤
이국의 향기는

빈 위장 속의 알코올
맥박은 네온의 깜박거림
혈압은 거리의 퍼포먼스처럼 춤춘다.
아는 사람 없는 곳에서
킬킬거리며
발정난 개처럼 거리를 쏘다닌다.

며칠 전, 미국의 노벨문학상 수상작가인 존 스타인벡이 『찰리와 함께한 여행』에 쓴 다음과 같은 구절을 발견했을 때, 왠지 안도가 되었다. 아…… 엔진 소리를 듣고 흥분하는 건 나만이 아니구나, 라고.

> 출항을 알리는 뱃고동 소리가 울려오면 나는 여전히 온몸이 쭈뼛해지며 발이 들썩거린다. 제트기 소리, 시동 걸린 엔진 소리, 심지어는 포장도로를 울리는 징 박은 말발굽 소리만 들어도 옛날부터 계속된 그 소름끼치는 듯한 충격이 온몸을 휩싼다. 입속이 깔깔해오고 눈이 멍해진다. 손바닥이 화끈거리고 속이 뒤틀리듯 가슴이 꽉 메는 것이다. 한번 바람잡이가 되면 영영 바람잡이일 수밖에 없다는 말이다. 아무래도 내 병은 불치병인가 보다. (중략) 여행은 결혼과 같다. 자기 마음대로 좌우할 수 있다고 생각한다면 그것은 분명히 오산이다.

또 하나, 존 스타인벡의 혜안에 놀랐다. '여행과 결혼은 제정신으로는 못한다'는 것. 백번 옳으신 말씀이다. 나도 가만히 생각해보니 제정신으로 결혼한 것 같지 않다. (다행히 내 아내는 내가 쓴 원고에 관심 없다. "잡지에 글을 연재하게 됐어."라고 말하면 그녀는 딱 한마디만 한다. "원고료는 얼마래?")

지도와 열차시각표

『아틀라스 세계지도』를 읽었다. 그런데 나는 이번에도 책을 읽고 무언가를 실천하지 못했다. 지도책을 읽고 할 수 있는 행위란 여행을 떠나는 것뿐이다. 그러나 이틀 이상 시간을 내기 어려운 나날이다(누군가는 이런 내 스케줄을 두고 '저질'이라 표현했다). 집필과 강의에 묶여 있는 어리석은 나는 그 맛있는 기내식을 오랫동안 맛보지 못했다. 그러니 여행을, 그것도 홀로 떠나는 여행을 사랑하는 나로서는 지도책이나 보며 아쉬움을 달랠 수밖에 없다.

『아틀라스 세계지도』는 단순한 지도책이 아니다. 지형과 행정구역뿐 아니라 각 대륙과 나라의 특징이 간략하게 묘사되어 있다. 그리고 서문은 한 편의 문학작품을 연상케 한다.

> 오늘날 '지도책'이라는 의미로 사용되는 아틀라스는 그리스 신화에서 하늘을 떠받치는 모습으로 그려져 있다. (중략) 모든 땅과 바다는 수많은 세월 동안 그곳에 뿌리내렸던 사람들의 숨결과 어우러져 있었지만, 그것들은 온데간데없이 사라지고 낯선 이방인의 이름이 대신 자리를 차지했다. 식민지의 주인이 바뀌면 이름도 바뀌었고, 식민 열강

> 의 쟁탈전에 따라 땅이 갈가리 찢기기도 했다. (중략) 아프리카 아메리카 아시아 곳곳의 지명에는 이러한 피지배의 세월과 고통이 고스란히 남아 있다. (중략) 20세기 들어 세계의 윤곽은 더욱 정확하게 드러났지만 아틀라스가 짊어진 무게는 결코 줄어들지 않았다. (중략) 세상을 떠받치는 아틀라스는 지리적인 정보는 물론이고 그 땅에 사는 다양한 사람들의 다양한 목소리까지도 함께 담아야 하는 무거운 짐을 떠안게 되었다.

아시아를 설명하는 다음 문구도 독자의 모험심을 자극한다. "아시아는 아시리아어로 '동쪽'을 뜻하는 말로서 본디 그리스 동쪽을 의미하지만, "말없이 묵묵한 아시아의 밤의 허공과도 같은 속모를 어둠이여" 라는 유명한 시구처럼 서양인들에게는 오로지 깜깜한 어둠일 뿐이었다. 13세기 마르코 폴로가 동방 여행을 마치고 놀라운 이야기를 들려주었을 때 서양인들은 거의 믿을 수 없었다."

태평양에 대한 설명! "지구상에 태평양보다 큰 것은 없다."

중앙아시아에 대한 글에서는 언어학적 지식도 동원된다. "아리아인이 대이동을 시작한 것은 기원전 1700~1800년경이었다. 이동로는 크게 두 갈래로 나뉘었는데, 하나는 이란과 인도 방면으로 진출했고 다른 하나는 더 멀리 터키를 지나 유럽 지역에까지 이동했다. 유럽으로 건너간 이들이 오늘날 유럽인들의 조상으로, 인도의 고대어인 산스크리트어는 라틴어, 게르만어, 영어 등과 같은 뿌리였다."

아프리카는 어떻고? "아프리카는 화이트와 블랙으로 나뉜다. 화이트 아프리카는 사하라 북쪽의 아프리카 국가들, 즉 이집트, 알제리, 튀니지 등으로 지중해권 유럽의 연속이며 그리스 라틴 문명이다. 이에 비해 블랙 아프리카는 사하라 남쪽의 대다수 아프리카 국가들로 우둔하고 미개하며 비문명적인, 한마디로 야만적인 지역이라는 것이다. 아프리카의 지명에는 이런 지배–피지배의 흔적이 곳곳에 남아 있지만 블랙 아프리카는 검다라는 것을 굳이 감추려 하지 않는다. 아프리카 최대의 국가인 '수단'은 아랍어로 '흑인들의 땅'에서 유래했으며, 기니, 기니비사우, 적도기니가 국가 이름에 쓰고 있는 '기니'라는 단어도 베르베르어로 '흑인의 땅'을 뜻한다."

아메리카에 대한 이야기는 다음과 같다. "아메리카는 오랫동안 사람이 살지 않는 미개척지였다. 알래스카에 사람이 이주해온 것은 겨우 3만 년 전의 일로서, 아프리카에 200만 년 전 초기 인류가 살았던 것과 비교해볼 때 이곳은 인간의 이주가 매우 늦은 편이었다."

『아틀라스 세계지도』의 텍스트에 대한 설명은 여기서 그만하자. 나는 텍스트보다는 그림, 그것도 낯선 도시와 마을의 이름이 어우러진 지도 때문에 이 책을 선택한 것이니까.

나처럼 역마살이 낀 사람은 지도책을 보는 것만으로도 행복해한다. 한때 내가 좋아했던 책 가운데 하나는 열차시각표였다. 인터넷이 널리 보급되지 않았던 시절, 철도청에서는 매월 『열차시각표』라는 제목의 책을 발행했는데, 전철역 가판대에서 쉽게 구할 수 있었다(몇 해 전까지 철도여행문화사라는 곳에서 『관광교통 시각표』라는 책자를 발행했는데,

이 책이 오래 전 『열차시각표』와 같은 책인지는 확실하지 않다). 나는 기차를 탈 생각도 없이, 가끔 그 책을 사서 읽곤 했다. 비둘기호만 지나는 시골의 간이역에 내리거나 느닷없이 서울발 부산행 열차를 잡아타고 가서 해운대를 구경하고 돌아오는 상상도 해봤다. 몇 시에 열차가 서고 언제 기차가 떠나는지를 나타내는 무미건조한 숫자들만으로도, 나는 즐거웠다.

길을 잃는 여행

지도책을 펼쳐본다. 세계를 여덟 개의 구역으로 나누어 설명한다. 내가 가장 좋아하는 지역은 서인도제도와 중앙아메리카다. 이 이름을 들어본 적이 있는가?

세인트 빈센트 그레나딘

윈드워드 제도의 영국 연방 섬나라로 1979년 독립했다. 세인트빈센트 섬과 그레나딘 제도로 이루어져 있다. 콜럼버스가 1498년 이 섬을 찾아왔으며, 프랑스와 영국의 각축 속에 18세기 영국에 통치권이 넘어갔다. 주요 작물은 목화였지만 영국인들이 아프리카 노예들을 데려오면서 사탕수수로 바뀌었고, 노예 해방 후에는 바나나가 주요 작물이자 수익성이 가장 높은 수출품이 되었다.

수도 : 킹스타운

면적 : 389㎢ (제주도의 0.21배)

인구 : 117,193명

일인당 GDP : 2,900달러

나는 단지 나라 이름이 세인트 빈센트 그레나딘이라는 것 때문에 가보고 싶어진다. 물론 앤티가 바부다 역시 앤티가 바부다라는 이름 때문에 가고 싶다. 스페인어로 구세주라는 뜻을 가진 엘살바도르, 호수 주변의 원주민 부족장 이름에서 따왔다는 니카라과, 미지의 벨리즈, 비밀 은행이 많다는 바하마, 카리브 해 동쪽 끝의 바베이도스, 레게의 나라 자메이카, '풍요의 해안'이라는 코스타리카…….

당신은 멕시코 서부의 아카풀코에 가보고 싶지 않은가? 미인들이 많다는 콜롬비아의 칼리는? 세계에서 가장 야심찬 도시계획하에 세워졌다는 브라질리아는? 칠레 남부의 빙하 도시 푼타아레나스는? 봄의 그린이 눈부시게 빛나는 그린란드의 타실라크는? 아이슬란드에 위치한 이상한 이름의 도시 시글뤼피외르뒤르는 어떤가? 모리셔스, 마다가스카르, 세이셸, 코모로는?

내가 이 책의 편저자였다면, 나는 쿠바에 대해 이런 설명을 붙였을 거다.

쿠바

홍겨운 살사 음악과 감미로운 룸바 음악이 넘치는 나라. 흑과 백의 혼혈, 메스티소와 물라토가 어우러져 세계에서 가장 다채로운 미남, 미녀들이 살고 있다. 바다는 맑고 깨끗하지만, 해일이 무섭게 들이치는 날도 많다. 헤밍웨이가 이곳의 한적한 바닷가에서 『노인과 바다』의 소재를 얻기도 했다. 1958년 공산혁명을 일으킨 피델 카스트로가 오래도록 정권을 잡고 있으나, 쿠바인들의 마음은 젊은 체 게바라가 여전히 지배하고 있다.

나는 한때 아바나 시내에서 보름 동안 유유자적한 적이 있다. 호텔 코파카바나에서 열두 시까지 잠을 자고 일어나 늦은 아침을 먹었다. 오후에는 바다에 들어가 스노클링을 끼고 열대어에게 먹이를 줬다. 호텔 수영장의 팔등신 미녀들이 집으로 돌아갈 즈음, 나는 꽃무늬 셔츠와 하얀 반바지를 입고 쿠바의 나이트클럽을 돌아다녔다. 부에나 비스타 소셜 클럽의 공연을 보고 살사 댄스 교습을 받고, 유명한 라이브 뮤직홀을 전전했다. 늘 새벽녘에야 잠자리에 들었다.

일어나서 내가 제일 먼저 했던 일은 하루의 시간표를 짜는 일이었다. 아바나 지도를 펴놓고, 어디를 방문할지 궁리하는 것이었다. 가이드도 통역도 필요하지 않았다. 간섭하는 사람도 지원해주는 사람도 없었다. 나는 자유로웠다. 지금 그 자유를 다시 느낄 수 있는 길은, 쿠바 음악을 듣거나 그때 만지작거렸던 아바나 지도를 펴고 내가 지나다녔던 길을 따라 줄을 긋는 것밖에 없다.

나는 패키지로 여행했다는 사람을 신뢰하지 않는다. 다른 사람이 정해준 루트를 따라 가이드의 안내를 받으며 하는 여행은 여행이 아니다. 라텍스 공장이나 기념품 가게, 쇼핑센터가 포함된 코스를 따라가는 여행은 여행이 아니다. 여행사의 의도대로 아침 여덟 시에 출발해서 저녁 일곱 시에 돌아오는 여행은 여행이 아니다. 처음 보는 사람들과 어울려 단체로 돌아다녀야 하는 곤혹스러움까지 더하면 여행은 더욱 여행이 아닌 게 된다.

여행이란, 길이 끝나는 곳에서 시작된다. 누구나 갔던 길에서 벗어나 잘못된 길로 들어섰을 때 여행의 진짜 모습이 드러난다. 여행할 때, 나는 길 위에서 늘 길을 잃었다. 그러나 지구는 둥그니까, 자꾸 걸어 나가면, 온 세상 사람들을 다 만날 것이고 결국 이 길로 돌아올 것이라는 것을 알았다. 타국에서 나는 늘 사람들과 말이 통하지 않았다. 그러나 우리가 가진 욕망이란 뻔하니까(목마르다, 배고프다, 졸립다, 사랑하고 싶다……), 자꾸 몸짓하다 보면 온 세상 사람들이 나를 도와줄 것이라고 생각했다.

찾아야 할 곳을 찾지 못하고 헤맬 때 여행은 더 흥미진진했다. 정확한 표현을 몰라 머뭇거릴 때 사람들은 내 뜻을 더 잘 알아줬다. 지구를 반 바퀴 돌아 낯선 곳에서 길을 잃었을 때 자유로웠던 나는, 낯익은 거리와 사람들이 있는 서울에 내내 갇혀 산다. 다른 이의 시선과 카드 빚과 해야 할 일이란 족쇄를 채우고.

아아, 누가 나에게 기내식을 배달해주오.

저 그냥 이렇게 살래요

*

이오덕, 『삶을 가꾸는 글쓰기 교육』

우리 어머니는 나를 보고/ 죽어라고 한다./ 그러면 나는 죽어버리고 싶다./ 우리 아버지는 죽도록/ 약도 사 먹이지 말고/ 놔두라고 한다./ 그리고 아버지는/ 약도 사 미 봐야[1]/ 병도 낫지 안 하는 것/ 약도 사 미지 말고[2]/ 그냥 죽도록/ 놓아두라고 한다.

「죽어 버리면 좋겠다」― 통영 풍화초등학교 5학년 조○○ (1982년 8월)

이 아이는 기관지 천식을 앓고 있다. 6월 9일에 쓴 일기를 보면 "오늘 둘째 시간부터 숨이 조금 가파서 호주머니 속에 약이 있는가 싶어 손을 넣어 보았더니 약이 없었다. 그래서 나는 좀 걱정이 되었다. 그리고 내가 집에 갈 때 숨이 더 가팠다. 집으로 영 못 갈 지경이었다."고 씌

1. 약도 사 먹여 봐야 2. 약도 사 먹이지 말고

어 있다. 그래서 집으로 간신히 와서는 "병 있는 사람이 살아 뭐 하겠노. 죽어 삐는 게 좋제." 하고 생각한다. 7월 1일의 일기에는 "어머니께서 '약이 한 첩 밖에 없는데, 아버지가 약도 안 지러 가끼다 쿠던데' 하시며 나를 보고 말씀하셨다. 나는 아무 말도 하지 않고 마루에 멍하니 앉아 있었다."고 써 놓았다. 엄마가 매정한 부모이기에 병든 자식보고 죽으라고 하고 약도 먹이지 말고 버려두라고 할까. 그러나 부모인들 오죽하면 그런 말이 나오겠는가. 이 아이가 쓴 또 다른 글에는 이런 말이 있다.

"나의 소원은 내 병이 낫는 것이다. 어머니는 나 약 지어 먹이려고 배추나 시금치, 무 같은 것을 가지고 날마다 저자를 간다. 나는 그럴 때마다 눈물이 난다."

이오덕 선생이 쓴 『삶을 가꾸는 글쓰기 교육』의 한 부분을 조금 길게 인용했다. 이 책은 어린이들에게 글쓰기를 가르치는 많은 분들이 추천하는 책이다. 글이란 행복한 아이만 쓰는 것이 아니다. 불행한 아이일수록 글을 쓸 권리가 있다. 필자는 이 책을 감명 깊게 읽었다. 위 인용문을 보라. 이런 글을 읽으면서 눈물 흘리지 않는다면 그는 분명 로봇이다.

로봇들의 세상

내 친구 오 사장은 1년에 수억 원을 벌지만 회사에서 몰입해 일하는 시간은 하루에 두 시간이다. 나머지 시간은? 직원들이 일 잘 하나 감시한다. 로봇이다. 내 선배 김 부장은 공사 간부로 25년을 근무했지만, 지금은 출근해서 하루 종일 신문만 보다가 온다. 하는 일이 없어도 그만두지 못한다. 딸아이가 곧 시집을 가기 때문이다. 오직 그 때문에 후배들의 따가운 눈총을 받으며 아홉 시간을 버틴다. 로봇이다.

내 후배 박 모양은 남편한테 맞으며 산다. 요즘 세상에도 맞으며 사는 여자가 있느냐고? 있다. 그럼 왜 이혼을 하지 않을까? 친정아버지 때문이다. 친정아버지는 작은 회사의 대표이사다. 이 작은 회사는 큰 회사의 하청을 받아 운영된다. 큰 회사의 사장은? 시아버지다. 박 모양에겐 대학을 졸업하지 않은 동생이 둘 있다. 철모를 때 낳은 아이도 있다. 그러므로 그녀는 남편이 바람을 피워도, 욕을 해도, 때려도 참는다. 로봇이다.

나는 이오덕 선생의 글을 읽고 눈물을 흘렸다. 그러므로 나는 로봇이 아니다. 정말? 나는 한 회사의 일을 해주고 몇 달째 돈을 받지 못하고 있다. "다음에도 또 같이 해봅시다"라고 말하는 바람에 찍 소리도 못하고 있다. 책을 많이 읽어 지혜롭고 지식이 가득하다고 믿으면서도 돈 많고 힘 있는 사람들 앞에선 눈치 보기 바쁘다. 다른 사람들에게는 똑바로 살라고 목청을 높이면서 자기는 엉망으로 산다.

입력된 프로그램은 선하고 아름답고 진실하건만, 손과 입과 발을 통해 출력되는 명령들은 악하고 추하고 거짓투성이다. 로봇이다. 그것도 오래된 부품으로 가득한 불량 로봇이다. 누가 이 낡고 오류투성이인 불량 로봇 MRJ-0124의 부품을 새것으로 갈아주었으면!

나는 2010년 11월부터 전국을 돌며 아이들에게 글쓰기 특강을 해오고 있다. 왜?

내가 로봇이 아니라는 사실을 증명하고 싶어서다. 그동안 나는 성인 로봇 사회에 익숙해 있었다. 우리 로봇들은 주로 자신이 하고 싶지 않은 일을 억지로 하며, 돈이라는 연료가 필요하고, 신자유주의 세계의 거대한 로봇 수뇌가 명령하는 대로 움직인다는 특징이 있다.

이런 금속성 기질의 로봇들에 질린 나는, 새로운 교제 대상을 찾아 나섰다. 어린 로봇이었다. 머릿속에 화학 기호 Fe(철) 성분이 덜한 어린 로봇들은 매우 풍부한 감수성을 지닌 채 인간의 특성인 순수함, 솔직함, 너그러움을 고스란히 간직하고 있었다.

나는 대구의 중앙초등학교를 시작으로 충남 당진의 고대초, 전남 순천의 연향, 송광초, 전북 익산의 고현초, 장수의 장계초, 경남 함양 서상초, 충북 청원 가덕초, 서울 창경초, 강원 춘천 상천초, 제주 북촌초, 경주 감포 도서관 등을 돌며 글쓰기 강의를 했다.

나는 아이들을 가르치기 위해 이오덕 선생의 책을 읽었고, 이오덕 선생의 책을 읽기 위해 아이들을 가르쳤다. 아이들 글쓰기 책을 읽고, 글쓰기를 가르쳤던 나의 행동만을 놓고 본다면, 나는 인간에 가까운 행위를 한 것이다. 더불어 내가 존경하는 다산 선생의 교훈을 충실히 따른 셈이 됐다.

정약용은 『논어고금주』라는 책을 통해 공자의 말에 대한 자신만의 독특한 해석을 선보였다. '학이시습지불역열호學而時習之不亦說乎'는 말을 주자는 '배우고 또 복습하면 기쁘지 않겠는가?'고 해석했다. 정약용은

'배우고 또 실습하면 기쁘지 않겠는가?'로 해석했다. '습習'이란 단어에 대해, 주자는 '복습'이라고 봤고, 정약용은 '실습', 즉 실천으로 봤다.

나 역시 실천하기 위해 책을 읽었고, 책을 읽기 위해 실천했다. 살기 위해 읽었고, 읽기 위해 살았다.

이오덕 선생은? 아마도 우리 시대 최후의 인간이 아닌가 싶다. 순수하고 강직하고 진실되다. 사람은 그가 살아온 만큼 글을 쓴다. 이오덕 선생은 평생 아이들을 사랑하며 살았다. 사랑으로 가르치고 사랑으로 이끌었다. 그가 아이들을 가르치는 일, 특히 글쓰기 교육에 대해 품었던 생각은 독립운동가의 신념과도 같다.

"글을 가르치는 사람은 진리를 가르치는 사람이다. (중략) 순수한 교육 정신을 지키기 위해서 우리는 하나로 단단히 뭉친다. 그리고 우리 자신들이 타락한 세속에 휩쓸리지 않도록 야무진 각오를 하는 바이다. 어린이의 앞날에 모든 희망을 걸고 있는 우리들은 오직 그들의 삶을 깨끗하고 참되게 가꾸는 일만이 우리가 목숨을 걸고 해야 할 일임을 안다. 이러한 일을 글쓰기로써 가장 효과적으로 할 수 있다는 것을 믿는다."

이렇게 말하는 분 앞에서 무슨 이견을 달겠는가. 그러나 나는 '이오덕 선생이 무조건 옳다'고 하는 것은 '이오덕 선생이 무조건 그르다'라고 말하는 것만큼 나쁘다고 생각한다. 오류 없는 책은 없다. 결정판은 없다. 이오덕 선생의 책 역시 결정판은 아니다. 이 세상의 모든 위대한 결정판은 후대의 필자들에게 더 나은 결정판을 쓰도록 강요하는 책이다. 아이들 글쓰기의 성서처럼 여겨지는 이 책 『삶을 가꾸는 글쓰기 교육』이 갖는 결정적인 오류는 뭘까.

책도 나이를 먹는다는 사실이다. 처음 예로 들었던 글의 '천식 앓는 아이'는 1982년에 국민학교, 즉 지금의 초등학교를 다녔다. 30여 년 전이다. 그때 1인당 국민소득은 1,800달러 수준이었다. 오늘날에도 1년 소득이 1,800달러밖에 안 되는 사람이 있다. 천식을 앓는 아이도 있다. 자기 자식보고 '나가 죽어라'고 말하는 부모도 있다. 그러나…… 30년의 세월은 무섭다.

대체로 2010년의 아이들은 1982년의 아이들보다 부유하다. 병원 가기도 수월하다(국민의료보험으로 부모가 한 달에 얼마를 내는지 보라!). 천식으로 앓는 아이도 있지만, 치료 받아 좋아지는 아이가 더 많다. 물론, 오늘날의 아이들은 30년 전의 아이들보다 더 바빠서, 아플 시간도 없다.

이오덕 선생은 이 책에서 '문예 교육은 나쁘다. 문인들의 글을 흉내 내는 것은 잘못됐다. 백일장은 악이다'라는 태도를 견지한다. 특히 백일장에 대해서는 경기를 한다. 아이들이 쓴 글은 무조건 좋고, 어른들이 손댄 글은 무조건 나쁘다는 식이다. "입으로야 좋은 말을 있는 대로 다 늘어놓아도 실제 행동에서는 교육을 출세의 수단으로 삼는 사람들이 글짓기 지도에 손을 뻗친다는 것은 무서운 일이다. 글 고치기를 중시하여 어린이들의 생명을 무참하게 난도질하는 특기를 유감없이 발휘하기 때문이다. 글 고치기 지도를 잘못하면 안 하는 것보다 열 배, 백 배도 더 해로운 까닭이 이렇다."

이오덕 선생이 이 글을 쓴 때는 70~80년대였다. 박정희-전두환으로 이어지는, 우리나라 현대사에서 가장 암울하고 경직된 시대였다. "관에서 전달하는 구호 같은 것을 제목으로 정해놓고 글을 쓰라 하는 것은 한심한 태도"라고 말하는 것으로 보아, 5공화국 시절의 숨 막히는 현실에 대한 선생 나름의 항변이 아니었나 싶다.

우리 애들이 변했어요

이오덕 선생의 글이 백번 옳다 쳐도, 변하는 것은 있다. 바로 아이들이다. 이오덕 선생이 아이들을 가르치던 시절, 선생님들은 행복했다. 70년대 아이들은 라디오 드라마를 들으며 자랐다. TV 채널은 서너 개뿐이었다. 책도 많지 않아 귀하게 읽었다. 그때는 컴퓨터도, 인터넷도, 휴대전화도 없었다. 그리고 닌텐도도 없었다(요즘 아이들은 닌텐도 할 때 말을 걸면 화낸다). 30년 전의 아이들은 지금의 아이들보다 순박했다. 글도 그렇게 썼다.

요즘 아이들은? 더 영리해졌으나 덜 조심스럽다. 지방의 초등학교에 내려가 글쓰기 강의를 할때, 나는 제목을 주고 A4용지 한 장에 글을 쓰게 한다. 한 학생이 제출한 원고다.

"오늘 오신 글쓰기 선생님은 머릿속 세계가 4차원이다. 재미는 있다. 그런데 우리 학교 오시기 전에 조사를 좀 하고 오시지. (중략) '자기소개' 글을 쓰라고 하시는데, 우리 학교에서 이미 자기소개는 많이 하여서 특별한 걸 하고 싶기 때문이다. 저 선생님은 TV에서 한 번도 본 적이 없는데 자기가 탤런트란다. 왜 계속 연예인 안 하고 이런 걸 하시지? 할 말 없다. (중략) 우리 담임선생님이 더 멋있다."

초등학교 4학년 아이가 특강 선생의 아픈 곳을 찌른다. 참으로 솔직하고 대담한 글이다. 동시에 싸가지(!) 없는 글이다(이런 아이들은 『나의 라임오렌지 나무』에 나오는 주인공 제제처럼 한참 맞아야 한다). 나는 겉으로는 웃으면서 "잘 썼다"고 말했다. 속으로는 '너 커서 뭐 될래?'하고 물었다.

다른 곳에선 이런 일도 있었다. 한 아이의 글을 뽑아 읽으면서 "이 부분은 말이다. 이렇게 고쳐야 하는데……"라고 말하는데 아이가 벌떡 일어나더니 외친다.

"선생님! 읽지 마세요! 저 그냥 이렇게 살래요!"

나는 웃지도 울지도 못하고 아이에게 종이를 넘긴다.

"그래! 그냥 그렇게 살아라."

서울로 돌아오는 길에 이오덕 선생의 책을 읽었다. "정직하고 순수한 어린이들을 망치는 건 어른들이다." 이오덕 선생이 살아 있다면, 이렇게 말하고 싶었다. "샘! 아이들이 변했어요!"

원-투 스트레이트를 맞고 뻗었던 마음 약한 글쓰기 선생은, 아이들의 영악함에 풀이 죽어 있었다. 그런데 며칠 뒤, 수업을 받은 초등학교 아이들이 쓴 편지가 집에 도착했다.

"선생님 덕분에 저는 글 쓰는 것을 좋아하게 됐습니다. 또 글씨도 예쁘게 쓰게 됐어요. 엄마, 아빠가 '우리 주희 글이 좋아졌네'라고 말하면 하늘을 날아가는 것 같습니다."

"선생님 강의는 너무 재미있어요. 언제 또 오실 수 있나요?"

"선생님, 바쁘신데 시골까지 내려와 가르쳐주셔서 정말 감사합니다."

이 악동들! 아직 부품이 새것인 이 귀여운 로봇들 때문에 내가 오늘도 울면서 웃는다.

이야기 올레길을 찾아서

*

허병식, 『서울, 문학의 도시를 걷다』

우리나라에서 제일 맛있는 홍어회를 먹을 수 있는 곳은? 제일 맛있는 한우를 먹을 수 있는 곳은? 제일 맛있는 제주 흑돼지 고기를 먹을 수 있는 곳은?

서울이다. 홍어회와 한우가 특산품인 고장에 미안하지만, 흑돼지의 고향 제주도에 죄송하지만, 최상품은 서울로 공수된다. 서울에 돈이 모이고 사람이 모이기 때문이다. 세계 최고의 이탈리아 식당이 이탈리아에 있지 않고 뉴욕에 있는 것과 마찬가지다.

서울은 디자인 도시가 맞다. 다만 자연의 디자인에는 소홀한 인공 디자인 도시다. 서울의 녹지 비율이 높다고 하지만 북한산을 빼고 나면 별로 남는 게 없다. 여의도 공원, 한강변, 뚝섬과 양재 등에 숲이 있으되 1,000만이라는 거대한 인구가 나누기엔 여전히 부족하다. 서울은 청계천의 도시 맞다. 그런데 도대체 청계천이 뭐 그리 대단하다는 것인지, 청계천 따라 만든 광화문 광장은 뭘 보라는 것인지 나로선 이해할 수 없다. 금융의 도시 맞다. 서울에는 돈이 많다. 패션의 도시 맞다. 서울에는 패션을 소화해줄 수백만의 미남미녀들이 있다. 어서 탱크탑과 미니스커트의 계절이 와야 하는데……

이 모든 전제에 더하여, 서울은 문학의 도시다. 최소한 『서울, 문학의 도시를 걷다』 저자들에겐 그렇다. '사람과 재물이 모이는 곳에 이야기도 싹트는 법'이기 때문이다.

이 책은 서울의 열두 곳을 문학 올레길로 소개한다. 명동, 남산, 서울역, 정동길, 광화문, 종로, 북촌길, 평창동, 대학로, 성북동, 사직동, 신촌이 서울의 대표적인 문학 동네다.

광화문에서 노닐다

통의동에는 미당 서정주가 머물던 보안여관이 있다. "그해 1936년 가을 함형수와 나는 둘이 같이 통의동 보안여관이라는 데에 기거하면서, 김동리, 김달진, 오장환 들과 함께 〈시인부락〉이라는 한시의 동인지를 꾸려내게 되었다……." 서정주 시인의 말이다. 이곳을 지나 통의동 백송을 뒤로 하고 우리은행 골목으로 30미터를 올라가면 「오감도」의 시인 이상이 살았던 집터가 나온다. 이곳에는 기념관이 건립될 예정이라고 한다.

"제1의아해가무섭다고그리오. (중략) 다른사정은업는것이차라리나앗소"「오감도」라는 시구로 우리를 경악케 했던 이상이 살았던 집터를 왜 아직도 방치하는지 모르겠다. 내가 서울시장이라면 이곳에 벌써 기념관 세웠겠다(참, 서울시장님들은 청계천과 광화문 같은 디딤돌에 여념 없으시지). 이곳을 지나 골목길을 조금 올라가면 "모가지가 길어서 슬픈 짐승이여"로 시작되는 '사슴'의 시인 노천명 가옥이 있다. 노천명 가옥을 나와 골목을 거슬러 올라가면 누상동 9번지에 이른다. 이곳은 윤동주가 하숙하던 곳이다.

"창밖에 밤비가 속살거려/ 육첩방은 남의 나라/ 시인이란 슬픈 천명인줄 알면서도 한 줄 시를 적어 볼까"「쉽게 씌어진 시」

다시 길을 내려와 효자동 종점에 이르면 청록파 시인 박목월이 하숙하던 곳이다. "숨어서 한 철을 효자동에서/ 살았다. 종점 근처의 쓸쓸한/ 하숙집"「하숙집」 보안여관에서 효자동까지 2킬로미터 남짓 된다. 걸어가면 30분이면 충분하다. 이쯤 되면 서울시에서 '우리 시인길'이란 걸 지정할 만도 하다. 한데 서울시 문화국은 뭐하고 있는 건지. (참, 시장님들의 차기 구상에 한 보탬 하느라 정신이 없으신 거지.)

나는 상상해본다. 시를 좋아하고 문학을 사랑하는 사람끼리 어느 날 황혼 무렵, 보안여관 앞에 모인다. 서정주 시인의 「국화 옆에서」를 낭송한다. 자리를 옮겨 이상 가옥터에서 「날개」의 한 구절을 읊는다. 노천명의 「이름 없는 여인이 되어」를 거쳐 윤동주의 「서시」를 통과해 박목월의 「나그네」로 마무리한다. 걸으면서 시를 음미하고, 시인의 집 앞에서 생을 숙고하며, 사랑하는 사람들과 문학을 나눈다. 아아, 이쯤 되면 효자동 어느 주점에 들어가 고무된 시심을 달래야 하리라.

내 상상은 곧 현실이 됐다. 나는 이 책을 읽고 나서 지인들을 불러 모았다. 경영 컨설턴트 권 박사, 여행작가 김영자, 분당에 사는 에세이스트 이미영, 청소년심리상담소장 김신애, 백수 김종필, 그리고 정체불명의 또 한 여성. 우리는 경복궁역에서 만나 물어 물어 허물어지기 직전의 보안여관을 찾아갔다. 건물 벽에는 '서정주 시인이 머물던 보안여관'이라는 팻말이 붙어 있었다. 이곳에서 나는 「국화 옆에서」를 낭송했다. 이상 가옥터에는 효자서당과 옷 수선 집이 들어서 있었다. 통의동 백송은 찾지 못했고 노천명 가옥은 찾기 힘들었다. 책에 나온 지도만으로는 윤동주 하숙집도 찾아가기 어려웠다. 박목월이 하숙했다는 집 역시.

나는 지인들에게 미안해서 무슨 재미있는 이야기라도 해야겠다고 마음먹었다. 그리고 "유부남이던 박목월이 한때 제주도로 제자와 함께 사랑의 도피 여행을 떠났다 4개월 만에 돌아왔다"는 말을 했다. 순진남 김종필이 물었다. "왜 돌아왔을까요? 사랑이 식었을까요?" 경영 컨설턴트 권 박사님이 대답을 대신했다. "돈이 떨어졌으니까."

경영 구루다운 말씀이시다. 우리는 집 찾기를 그치고 효자동의 빈대떡 집에 들어가 막걸리를 마셨다. 스물아홉에 아이 둘을 낳은 김신애의 육아에 대한 고충과 남부럽지 않게 사는 강남 아줌마 김영자 님의 인도 차밭 방문기를 들었다. 권 박사의 블랙 유머와 이미영의 화답 속에 날이 저물었다. 옛 시인들의 발자취에서 건진 것이 없던 우리는 취한 서로의 얼굴에서 우애를 확인하는 것으로 만족해했다.

이야기가 있어서 존재하는 거리

『서울, 문학의 도시를 걷다』는 산책하는 사람들의 벗이다. 광화문의 예처럼, 서울의 문학 동네에 연관된 시인, 소설가, 수필가의 이야기를 펼친다. 책을 들고 당장 명동에 나가면 신세계 백화점 앞에서 명동예술극장으로 이어지는 2.5킬로미터, 그러니까 한 시간짜리 문학 산책로를 거닐 수 있다.

이 책에 따르면, 서울은 거대한 문학 소재지다. 웨스턴 조선호텔은 전광용의 「꺼삐딴 리」, 남대문은 박완서의 「부끄러움을 가르칩니다」, 서울시의회 건물(일제강점기 부민관)은 채만식의 「태평천하」, 정독도서관은 최인호의 「머저리 클럽」의 배경이 되었다. 하다못해 파고다 극장에도 문학의 자취가 숨어 있다.

> '기형도는 이곳 파고다 극장에서 홀로 영화를 보다가 숨진 채 발견되었다. 사인은 뇌졸중이었고, 시인의 나이 29세였다. 시인이 죽은 지 두 달 후에 그의 첫 시집이자 유고 시집이 된 『입 속의 검은 잎』이 발간되었고, 이 시집은 90년대 이후 문학을 지망한 청년들에게 가장 많은 영향을 준 시집의 하나가 되었다. 시집에 실려 있는 '시작 메모'에서 기형도는 이렇게 말한다. "나는…… 거리에서 시를 만들었다. 거리의 상상력은 고통이었고, 나는 그 고통을 사랑하였다." 시인들, 작가들이 고통을 감수하며 만들어준 거리의 상상력 덕분에 우리의 선택은 깊고 넓어진다. 그들의 고통에 애도를 보내며 우리의 길을 계속 가야할 것이다.'

정동 골목의 이화여고 수위실 앞에는 손탁호텔 터가 있다. 독일 여성 앙투아네트 손탁이 운영한 이 호텔은 1903년에 완공되었다. 고종은 이 호텔 1층 커피숍에서 커피를 즐겼다. 러일 종군기자로 왔던 마크 트웨인도 이곳에 묵었고, 안중근에 의해 암살된 이토 히로부미伊藤博文도 1년 동안 숙박했다고 한다. 이런 곳에 작은 부티크 호텔을 세우면 어떨까? 커피숍 이름은 '고종 가배', 디럭스 룸은 '마크 트웨인', 화장실은 '이등박문.'

서울에 40년 가까이 살면서도 서울을 참 모르고 살았다는 생각이 든다. '덕수궁 돌담길을 걸으면 헤어진다'는 소리를 많이 들었지만 그 유래가 1928년에 경성가정법원이 덕수궁 옆 서울시청 서소문 별관 자리에 있었기 때문이라는 사실은 몰랐다. 가정법원에서 이혼하고 나오는 커플들이 얼굴을 붉히며 이곳에서 헤어졌단다. 물론 가정법원은 서초동으로 이전한 지 오래다. 그런데 여전히 사람들은 덕수궁 돌담길을 걸으며 거리에 덧씌워진 이야기를 즐긴다.

서울의 거리 곳곳엔 이야기가 숨어 있다. 이야기는 거리를 풍요롭게 한다. 이야기 없는 거리는 곧 잊힌다. 거리가 있어서 이야기가 생기는 것이 아니다. 이야기가 있어서 거리가 존재하는 것이다.

이 책에 실린 열두 곳 가운데 강남은 한 곳도 없다. 돈과 사람이 모이는 곳이지만 아직 이야기는 무르익지 않았다는 말일까? 채만식, 박태원, 김소월, 이상부터 시작된 우리 문학의 도저한 흐름이 강남에 미치려면 좀 더 기다려야 한다는 뜻일까? 몇 년쯤 지나야 압구정과 강남역과 신사동이 얽힌 『서울 문학의 도시를 걷다』 속편이 나올까?

2.
몸으로 써내려간 책

걷기에 관한 한, 가장 아름다운 책은 『걷기 예찬』이다. 나는 다비드 르 브르통의 이 산문집을 읽으며 내내 줄을 쳤다. "우리들의 발에는 뿌리가 없다. 발은 움직이라고 생긴 것이다."

벌레만도 못한 것들

*

장 앙리 파브르, 『파브르 곤충기』

리버풀의 축구 감독 빌 샨클리는 말했다. "어떤 사람들은 축구를 사람이 죽고 사는 일에 비유한다. 이런 말을 들을 때마다 나는 분노한다. 왜냐하면 축구는 그런 일들보다도 훨씬 더 중요한 문제이기 때문이다."

과연 그렇다. 나는 이렇게 말하리라. "어떤 사람들은 책이 사람을 죽이고 살릴 수 있다고 말한다. 이런 말을 들을 때마다 나는 분노한다. 왜냐하면 책은(책읽기는, 책쓰기는) 그런 일들보다도 훨씬 더 중요한 문제이기 때문이다."

일식집에서 마구로(다랑어류)를 다듬는 일을 하며 가끔 조직 일에도 관여하는 내 후배 김깍뚝은 이렇게 말할지도 모른다. "사람들이 참치가 건강에 좋네 나쁘네, 이런 말을 할 때마다 나는 화가 나요. 왜냐하면 참치는, 아니 회뜨기는 말이죠. 건강 문제보다 훨씬 중요한 거라고요. 회칼은 우리의 생명과도 직결된 거란 말이죠. 회칼로 찌르면 한 번에 죽는단 말이죠!" (분명 장동건이 영화 〈친구〉에서 회칼에 맞아 죽어갈 때 한 명대사 "고마해라. 많이 묵었다 아이가……"는 어설픈 칼잡이에게 뱉은 말일 것이다.)

『곤충기』를 쓴 장 앙리 파브르는 뭐라고 할까?

"어떤 사람들은 벌레를 사람에게 이로운가 아닌가 하는 문제로만 바라본다. 이런 말을 들을 때마다 나는 분노한다. 왜냐하면 벌레는 그런 일들보다도 훨씬 더 중요한 존재이기 때문이다."

현암사에서 『파브르 곤충기』 완역본(전10권)을 펴냈다. 파브르가 박사 학위를 받은 프랑스 몽펠리의 2대학에서 곤충학 박사를 마친 김진일이 4년의 노고 끝에 내놓은 역작이다.

밥보다 중요한 것

'파브르 곤충기'라는 이름은 어린 시절부터 익히 들어왔지만 제대로 읽어본 것은 이번이 처음이다. 역자가 소개하는 파브르는 이렇다.

> 『파브르 곤충기』는 '철학자처럼 사색하고, 예술가처럼 관찰하고, 시인처럼 느끼고 표현하는 위대한 과학자' 파브르의 평생 신념이 담긴 책이다. (중략) 남프랑스의 산속 마을에서 태어난 파브르는, 어려서부터 자연에 유난히 관심이 많았다. (중략) 자라서는 적은 교사 월급으로 많은 가족을 거느리며 살았지만, 가족의 끈끈한 사랑과 대자연의 섭리에 대한 깨달음으로 역경의 연속인 삶을 이겨낼 수 있었다. 특히

수학, 물리, 화학 등을 스스로 깨우치는 등 기초과학 분야에 남다른 재능을 가지고 있었다. 문학에도 재주가 뛰어나 사물을 감각적으로 표현하는 능력이 뛰어났다. 이처럼 천성적인 관찰자답게 젊었을 때 우연히 읽은 곤충 생태에 관한 잡지가 계기가 되어 그의 이름을 불후하게 만든 『파브르 곤충기』가 탄생하게 되었다. 1권을 출판한 것이 그의 나의 56세. (중략) 30년 동안의 산고 끝에 보기 드문 곤충기를 완성한 것이다. (중략) 현지에서 지금도 곤충학자라기보다 철학자, 시인으로 더 잘 알려져 있다.

역시 천재의 삶은 일반인을 주눅 들게 한다. 특히 수학, 물리, 화학을 스스로 깨우쳤다는 부분에 이르러서는 숫자가 들어간 모든 영역(돈 계산은 빼고!)에 젬병이었던 필자를 기죽인다. 파브르의 곤충 사랑은, 이 책 전체를 통해 드러난다. 그러나 내 눈길을 끌었던 것은 이 부분이다.

Cerceris julii / Bembex julii / Ammophila julii
이상 3종의 벌에 대하여 내 아들의 이름 쥘Jules을 붙여 그에게 헌정한다. (중략)

나의 아들 쥘에게
사랑하는 아들아. 너는 그토록 어린 나이에도 꽃과 곤충을 정열적으로 사랑하며 기꺼이 나의 협력자가 되었다. 어느 것도 너의 명민한 눈을 피하지는 못했다. 너를 위해서, 나는 이 책을 써야만 했다 (중략) 아아, 슬프다! 너는 아직 이 책의 첫 줄밖에 모르는데. 벌써 좋은 세상으로 가 버렸구나! 네가 그렇게도 귀여워하던 오묘하고 예쁜 벌들에게 무엇인가 이끌리기에, 그들에게 적어도 너의 이름이라도 새겨 넣는다.

— 장 앙리 파브르, 1879년 4월 3일, 오랑쥬에서.

파브르가 쉰여섯이었을 때, 아들 쥘이 열여섯의 나이로 죽는다. 파브르는 자신을 닮아 자연과 곤충을 사랑했던 아들을 잃은 슬픔을 『곤충기』를 쓰며 달랜다. 더불어 세상이 끝날 때까지 번식하며 날아다닐 것이 분명한 세 종류 벌에 아들의 이름을 붙여 학명을 만든다. 누군가를 사람들이 기억하면, 그 누군가는 죽은 것이 아니다. 우리는 사람들이 잊지 않는 한 살아 있다. 벌을 연구하는 사람들이 "벰벡스 쥘리"라는 학명을 부르는 순간, 파브르의 아들 쥘은 다시 살아나는 것이다. 나도 자주 가는 북한산 도선사 옆 바위에, 내 이름을 붙였다. 로진스키 석石이라고.

『파브르 곤충기』는 저 유명한 소똥구리 이야기로 시작한다.

아아…… 소똥구리여, 소똥구리여. 그대 이름은 왜 소똥구리인가? 소똥을 굴리니까 소똥구리지. 그렇다. 이름은 존재다. 실존이다. 소똥구리는 소똥을 굴린다. 왜? 이유는 하나다. 안전한 곳으로 가져가서 먹으려고.

소똥구리가 호두만한 소똥을 굴리고 있을 때 가끔 친구들이 등장하기도 한다. 도움을 청하지 않았는데 겉으로만 친절히 도와주는 척하며 소똥을 빼앗아가는 야비한 녀석도 있다(인간 사회의 사기꾼을 닮았다). 힘에 자신이 있고 대담한 놈은 갑자기 폭력을 휘둘러 소똥을 강탈해가기도 한다(인간 사회의 날강도를 닮았다).

소똥구리는 소똥에 알을 낳는다. 소똥구리 알은 따뜻한 소똥에서 부화해서 소똥을 먹고 자란다. 소똥을 다 먹으면 밖으로 나와 다시 먹이인 소똥을 찾아간다. 소똥구리 어미는 새끼를 위해 소똥 경단을 만드는데, 안은 부드러운 소똥으로 채우고, 겉은 덜 부드러운 소똥으로 마무리한다. 갓 태어난 새끼 소똥구리가 소화하기 쉽게 안쪽은 먹기 좋은 이유식으로 채우는 셈이다. 부드러운 소똥을 먹고 위와 장이 튼튼해진 새끼는 조금 거친 소똥을 먹으면서 자란다(소똥구리는 일부 몰지각한 사람보다 낫다. 최소한 제 새끼 먹을 건 마련해놓으니 말이다).

파브르 선생은 소똥구리에게 소똥이 갖는 의미를 정확히 파악하기 위해 소똥구리 굴을 조사한다.

> 모래흙 속의 땅굴은 별로 깊지 않고 보통 주먹만한 넓이다. (중략) 식량을 보관하기에는 충분하다. (중략) 지금이야말로 태평세월이다. (중략) 혼자 있는 그의 방안은 거의 소똥 경단으로 가득 차 있다. 호화판 식량이 바닥에서 천장까지 닿았고 (중략) 안에는 한 마리, 또는 두 마리가 배는 식탁에 등은 담벼락에 기댄 채 끼어 있다. 이렇게 자리를 잡고는, 먹고 소화시키는 일에만 모든 생활과 마음을 빼앗겼을 뿐, 움직이지도 않는다. 한눈을 팔았다가는 밥 한술이라도 손해 볼 것이며, 맛없다고 불평했다가는 제 배만 곯고 말 것이다. (중략) 이렇게 더러운 오

물을 거두어들이는 왕소똥구리의 모습을 보고 있노라면, 그들은 지상을 정화시키는 일이 자신의 역할임을 스스로 알고 있다고 말하고 싶다.

아이가 얼마 전 저녁 식탁에서 이렇게 말했다. "아빠! 근데 왜 아까 응가하고 변기 물 안 내렸어요?" 나와 아내의 얼굴이 굳는다. 아내는 근엄하게 말한다. "밥 먹을 때 왜 똥 얘기하니!"

우리 가족들이 소똥구리였다면 이렇게 말했으리라. "밥 먹을 때 왜 밥 얘기하니!" 혹은 이렇게 말했을까? "똥 먹을 때 왜 똥 얘기하니!"

사실 나는 파브르의 저 주도면밀한 작업 이야기를 읽으면서 느닷없이 리처드 바크가 쓴 『갈매기의 꿈』의 주인공 갈매기 조나단 리빙스턴 시걸이 생각났다.

> 조나단 리빙스턴 시걸은 결코 부끄러워하지 않고, 동요하는 힘든 선회를 위해 그의 날개를 다시 뻗으며 천천히, 천천히 그리고 다시 한 번 비틀거렸다. 조나단 시걸은 보통 새가 아니었다. 대부분의 갈매기들은 비상飛上의 가장 단순한 사실 이상을 배우려 하지 않았다. 대부분의 갈매기들이 중요하게 생각하는 것은 나는 것이 아니라 먹이를 구하는 것이었다. 그러나 이 갈매기에게는 먹는 게 문제가 아니라 나는 게 문제였다. 그 무엇보다도 조나단은 나는 것을 사랑했다.

우리가 먹는 것이 똥이 아니고 밥이라고 자신 있게 말할 수 있는 자는 누구인가? 우리가 누는 것이 밥이 아니고 똥이라고 말할 수 있는 자는 누구인가? 우리가 중요하게 생각하는 것이 먹이를 구하는 것이 아니라고 말할 수 있는 자는 누구인가? 우리가 중요하게 생각하는 것이 나는 것이라고 말할 수 있는 자는 누구인가?

대부분의 갈매기들이 그렇듯이, 대부분의 사람들은 먹이를 구하는 것을 중요하게 생각한다. 나 역시도 그렇다! 나와 우리 가족이 먹을 일용할 양식을 구하기 위해, 오늘도 나는 선창가를 낮게 날며 썩은 생선 꼬리를 낚아채기 위해 애쓴다. 우리가 보기에 소똥구리는 지저분하고 더러운 놈이지만, 누가 알겠는가. 〈아이언 맨〉의 주인공 토니 같은 존재가 보기에 우리들이 먹는 것이 소똥과 비슷할지.

우리는 벌레보다 나은가

> 빈대의 생식 형태는 외상성 정액 주입이다. 수컷 빈대는 암컷 옆으로 올라타 다리로 몸통을 붙든다. 자기 배를 암컷 아래쪽으로 구부린 다음 칼 같은 외부 생식기를 암컷 복벽 아래쪽으로 찔러 넣고 사정하여 체강 내로 정액이 들어가게 한다. 이런 유별난 짝짓기는 아마도 수컷이 저항하는 암컷을 이기기 위해 진화한 방식일지도 모른다. (중략) 반복해서 짝짓기를 강요당하는 암컷은 짝짓기를 덜 당한 암컷보다 명이 짧다. (중략) 이보다 더 놀라운 일은 더 진화한 많은 빈대 종의 암컷이 보조 생식기계라 불리는 2차 생식기관을 갖고 있다는 점이다.

생물학자 마티 크럼프는 『감춰진 생물들의 치명적 사생활』에서 위와 같이 말했다. 수컷 빈대의 생식기는 칼처럼 생겼다. 수컷은 아무 암컷에게나 붙은 다음, 암컷 몸에 무자비하게 그 칼을 찔러 넣는다. 인기 있는 암컷 빈대는 따라서 몸의 이곳저곳에 상처와 흉터를 안고 살아간다. 인기 있는 암컷은 덜 인기 있는 암컷에 비해 일찍 죽는다. 빈대도 미인박명, 아니 미빈대박명이다. 일부 진화한 암컷 빈대는 수컷의 폭행에 대비해서 가짜 질을 만들어놓았다. 어떤 수컷은 제 몸에 난 칼을 써 보기 위해 같은 수컷의 배에도 그 칼을 찔러 넣어본다.

빈대에 대한 언급은 베르나르 베르베르의 소설 『개미』에도 있다. '가짜 질'이란 어휘도 『개미』에서 따온 것이다(자세한 것은 각자 알아서 찾아볼 것! 더 이상 설명해주길 바란다면 당신도 빈대!). 오래전 읽은 것이라 기억은 잘 나지 않지만 베르베르는 소설가답게 최대한 문학적으로(!) 빈대의 빈대 같은 성생활을 묘사했던 것 같다.

다시 경건하게 『파브르 곤충기』로 돌아가서, 내가 읽은 부분 중 가장 기억나는 장면 하나를 옮겨본다.

> 진노래기벌이, 꿀을 잔뜩 먹어 배가 불룩한 꿀벌을 잡았다. 굴로 들어가기 직전에 꿀벌의 모이 주머니를 눌러 단물을 토해내게 한다. 사경을 헤매며 축 늘어진 꿀벌의 혀를, 진노래기벌은 핥아 먹는다. 또 배를 눌러 토한 꿀을 맛있게 먹는다. 이런 공포의 향연을 한창 즐기던 진노래기벌이 그 꿀벌과 함께 사마귀에게 잡혔다. 악한이 또 다른 악한에게 당한 꼴이다. 사마귀는 이중 톱날로 진노래기벌을 꽉 잡고 그 몸통을 게걸스럽게 뜯어 먹는다. 노래기벌은 죽음의 문턱에서 최후의 고

통을 겪으면서도 맛있는 음식을 단념할 수 없었던지 여전히 꿀을 핥고 있다.

우리가 진노래기벌보다 낫다고 말할 수 있는 자, 진정 누구인가?

미친 술의 노래

*

캐롤라인 냅, 『술, 전쟁 같은 사랑의 기록』

"한잔할까?"

세상에 이보다 더 다정한 질문이 있을까? 아니, 세상에 이보다 더 다의적인 질문이 있을까? 서른 살의 민지팔이 스물여덟의 강나래에게 하는 말이라면 "너랑 데이트 하고 싶어"라는 뜻이다. 마흔인 유부남 이호성이 스물여덟의 강나래에게 하는 말이라면 "너랑 바람 펴도 될까?"라는 뜻이다. 쉰다섯의 상무 최수홍이 스물여덟의 강나래에게 하는 말이라면 "나를 잘 접대하지 않으면 회사 생활에 불이익이 있을거야……"라는 뜻이다(어휴, 나쁜 놈들! 남자들이란……).

그러므로 강나래는 "한잔할까?" 라고 말하는 사람의 연령과 취미, 주량, 나아가 인간성까지 잘 살펴본 다음에 대답해야 한다. 무턱대고 같이 술을 마셨다가는 나중에 많은 것을 감내해야 하는 웃지 못할 상황이 발생하기도 한다. 세상에 공짜 술은 없다.

"남자들은 정말 왜 그럴까요? 둘이 술 한잔 마신 게 무슨 큰 특권이라도 되는 것처럼, 다음날 바로 '어제 즐거웠어. 나의 귀여운 나래! 사랑해~♡' 이런 문자를 보내요. 바보들!"

그럼 이제 서른 살 총각 민지팔의 이야기를 들어보자. "그럴 만하니까 그렇죠. 주색잡기라 했잖아요. 술이 들어가면 당연히 다음 순서는 섹스 아닌가요? 섹스까지는 아니더라도 우린 어두침침한 일식주점 구석에서 다정한 스킨십을 했다고요. 문자는 예의상 보낸 거죠." 마흔 살 유부남 이호성의 답은? "아하, 즐거웠던 건 사실. 귀엽다는 말도 사실. '사랑해'라는 말은 일반 동사죠. 인간으로서 사랑한다는 뜻! 그런데 제가 같이 술 마신 여자가 누구라고요?" 쉰다섯의 상무 최수홍은? "이봐요, 무슨 말을 하는 거요? 그저 회사 아랫사람한테 회식 대신 한잔 대접한 것뿐인데. 아, 요즘 젊은이들 좀 예뻐요? 다 내 딸 같아서 그런 거야(물론 술 마실 때 떡 주무르듯 그녀의 손을 만지고, 어깨를 두르고, 강제로 뽀뽀하려고 시도는 했지만, 뭐 취했을 땐 다 그런 거니까)." 한편 강나래는 이렇게 말한다. "저는 단지 술이 좋을 뿐입니다!"

단지 술이 좋을 뿐이라고?

정말 단지 술이 좋다는, 그런 사람이 있을까? 있다. 『술, 전쟁 같은 사랑의 기록』을 쓴 캐롤라인 냅도 그중 하나다. 역사상 술을 좋아한 사람은? 수도 없이 많다. 톰 히크먼이 지은 『술 사용설명서』에 나오는 이야기를 옮겨본다.

원래 술을 좋아했던 독일의 종교개혁자 마르틴 루터는 마음속에 항상 술 마실 명분을 품고 다녔고, 유머 감각까지 풍부했다. "만일 악마가 '술 마시지 말라'고 말한다면, 여러분은 이렇게 대답하십시오. '네 말 때문에, 네가 그것을 금했기 때문에, 나는 마셔야겠다. 그냥 마시는 것이 아니라 아주 많이 마실 것이다.' 우리는 항상 사탄이 지시한 바의 반대로 해야 합니다. 내가 왜 와인을 희석하지 않고 마시겠습니까? 날 괴롭히는 악마에게 고통을 안겨줄 목적이 아니라면?"

(중략)

월터 맵이라는 웨일즈의 한 성직자는 800년 전에 이렇게 말했다. "내가 죽어야 한다면, 여관에서 술을 마시며 죽게 해다오."

1824년에 찰스 디킨스는 런던 팔러먼트 가의 한 점포로 들어가 "최고로 좋은 맥주 하나 주세요."라고 말했다. 제뉴인 스터닝이라는 상표가 붙은 맥주였다. 디킨스는 이렇게 덧붙였다. "거품도 알맞게 담아서 주시면 좋겠소." 이때 디킨스의 나이는 열두 살이었다.

처칠은 점심 때 샴페인 한 병, 저녁에 또 한 병을 마셨다. 그 틈틈이 포도주와 소다수를 벌컥벌컥 마셨다. 또 밤참을 먹으며 브랜디 1리터를 뚝딱 해치웠다. 한번은, 처칠의 친구이자 노동당 하원의원인 베시 브래독 여사가 이렇게 말했다. "윈스턴, 당신 끔찍하게 취했어요!" 그러자 처칠이 받아쳤다. "베시, 당신은 끔찍하게 못생겼소! 나는 다음날 아침에 깨기나 하지."

(중략)

작가는? 아이오와 대학 정신과 교수 낸시 앤드리선의 15년 연구에 따르면, 유명 작가의 30퍼센트가 알코올 중독자다. 일반인은 7퍼센트.

마지막 문구는 나를 안심시킨다. 그래도 난 알코올 중독은 아니다. 내가 지키는 원칙은 단 하나다. '이틀 연속 마시지 않는다.' (어제 마시지 않았으므로 오늘은 마셔도 된다.)

캐롤라인 냅이 지은 『술, 전쟁 같은 사랑의 기록』은 알코올 중독자였다가 술을 완전히 끊은 여인의 끔찍할 정도로 솔직한 회고록이다. 그녀는 보스턴에서 정신과 의사의 딸로 태어나 유능한 아빠, 참한 엄마, 다정한 형제들 사이에서 유복하게 자랐다. 아이비리그Ivy League인 브라운 대학을 나와 잡지사에서 유능한 저널리스트로 일했다. 봄가을에 가족과 함께 해외여행을 가고, 여름엔 부유층이 모이는 마서드 비니어스의 별장에서 지냈다. 친가와 외가 모두 대저택을 소유한 부유층이었다. 그녀는 아름답고 건강했다. 낮에는 열심히 일했고 밤에는 친구들과 어울렸다. 여기까지!

그녀는…… 1년 365일 술을 마셨다. 그녀가 가장 좋아한 술은 샤도네이였다.

샤도네이에 대해 와인평론가 S는 이렇게 말한다.

"다른 화이트 와인과 샤도네이는 다르다. 샤도네이는 유혹의 술이다. 여성들이여, 누군가 당신에게 '소비뇽 블랑 한잔할래요?' 할 때는 주저없이 따라나서서 마셔도 된다. 그러나 '샤도네이 한잔할래요?'라고 말할 때는 조심해라. 그건 '술 한잔하고 나서 나랑 잘래요? 최소한 키스라도 할래요?'라는 뜻이다."

믿거나 말거나. 나는 남자들에게 이렇게 말하고 싶다. “남자들이여, 샤도네이를 마시자고 수작을 부리려거든, 일단 그녀가 당신에게 호감을 갖는지부터 살펴라.” 샤도네이는 그만큼 달콤하고 상큼하고 쌉싸래한 와인이다. 캐롤라인은 열여섯 살 때부터 술을 마시기 시작해 서른다섯 살 때까지 알코올에 절어 살았다. 그녀가 술에 대해 갖는 생각은 이런 것이다.

> 나는 기뻐서 마시고, 불안해서 마시고, 지루해서 마시고, 또 우울해서 마셨다…… 술 마시는 느낌을 사랑했고, 세상을 일그러뜨리는 그 특별한 힘을 사랑했고, 정신의 초점을 나 자신의 고통스런 자의식에서 덜 고통스런 어떤 것들로 옮겨놓는 그 능력을 사랑했다. 나는 술이 내는 소리도 사랑했다. 와인 병에서 코르크가 뽑히는 소리, 술을 따를 때 찰랑거리는 소리, 유리잔 속에서 얼음이 부딪히는 소리…… 술 마시는 분위기도 좋아했다. 술잔을 부딪치며 나누는 우정과 온기, 편안하게 한데 녹아드는 기분, 마음속에 솟아나는 용기…… 그러므로 이 이야기는 러브스토리다. 술과 나의 러브스토리.

캐롤라인은 우리가 보통 생각하는 (머리는 꾀죄죄하고, 옷에서는 냄새가 나고, 남이 버린 담배꽁초를 물고, 소주를 병으로 마시는) 알코올 중독자가 아니다. 낮에는 멀쩡히 회사에서 일을 하고 (그것도 아주 유능하게), 해가 지면 바로 알코올의 세계로 빠져드는 ‘적응형 알코올 중독자’다.

그녀는 아침 9시에 출근해서 오후 5시까지 일한다. 5시에 바로 퇴근,

회사에서 스물일곱 발자국 떨어진 중국식당 겸 바에서 간단하게 마티니를 두 잔 마신다. 6시에 저녁 약속 장소로 간다. 그곳이 어디든, 샤도네이를 한 병 시켜 마신다(친구가 있으면 두 병). 8시쯤 집으로 돌아가는 길에 있는 피자집에 들러서 어른을 위한 웨이팅 룸으로 간다. 그곳에는 생맥주가 있다! 피자가 완성되기를 기다리면서 500cc 석 잔(기분이 좋으면 넉 잔)을 재빨리 마신다. 집 앞 편의점에 들러서 버드와이저 식스 팩을 사가서 모두 마신다. 이 정도면 그녀는 기분 좋게 취한다. 남자 친구와 동거할 무렵에는 그와 함께 브랜디나 위스키를 온더록으로 두어 잔 더 마신다. 취침 시간은 대체로 새벽 2시. 다음날 아침. 그녀는 '어제 밤에 무슨 일이 있었냐'는 식으로 벌떡 일어나 정확히 9시까지 출근한다. 그리고 열심히 일한다. 퇴근하면 다시 마티니 바로 간다.

내 주위에도 이런 여성들이 있다. 연기자 Y가 그랬다. 삼십대 중반의 그녀는 점심 때 반주로 소주 한 병을 마시고 혀 한 번 꼬부라지지 않고 밤 12시까지 드라마 녹화를 했다. 녹화가 끝나면 회식 자리에서 한도 끝도 없이 소주를 마셨다. 한 번은 그녀에게 물었다. "도대체 주량이 어떻게 되느냐?" 그녀는 커다란 눈을 이리저리 굴리더니 이렇게 말했다.

"오빠한테만 솔직히 말하는 건데요, 소주 한 여덟 병쯤 마시면 알딸딸한 게 기분이 딱 좋더라고요."

소주 여덟 병! 세상은 넓고 고수는 많다. 한도 끝도 없이 술을 마시는 알코올의 고수들. 이들에게 주량을 묻는 것은 실례다.

캐롤라인도 그랬다. 그녀의 주량은 측정불가다. 그녀는 술 때문에 사고도 많이 친다(술만 마시면 개가 된다고? 개가 되지 않으려면 도대체 왜 술을 마시는가? 술 마시고 철학 토론하려고?). 취한 채 친구의 다섯 살 난 딸을 안고 날뛰다 아스팔트에 넘어진 적도 있다. 친구의 딸이 쿠션 역할을 해줘서 캐롤라인은 다치지 않았지만 아이는 머리가 깨지고 응급실로 실려갔다. 친구는 캐롤라인을 다시 보지 않았다.

사람들을 속이는 것은 이루 말할 수도 없다. 엄마를 속인다. 양주병을 비우고 병에 양주 대신 다른 음료를 넣으며. 아빠를 속인다. 고등학교 때 자동차 뒤에서 취한 채 남자친구와 뒹굴고 나서. 동생을 속인다. 냉장고 안의 4리터짜리 와인 병이 '요리용'이라고. 동거남을 속인다. 술 사주는 또 다른 남자를 만나기 위해.

중독 바로 전까지만

아침 햇살 속에 눈을 뜬다. 머리가 너무 무겁다. 너무 무거워 움직이는 것조차 고통스럽다. 격심한 고통, 끈질긴 통증. 구토할 것 같다. 몸속의 모든 세포가 제멋대로 풀려 흔들리는 것 같다…….

술꾼들에게 이런 일은 일상다반사다. 술에 취했다, 기분이 좋았다, 누군가와 함께 있었다, 모르는 여자나 남자가 같이 있었다, 어느 순간 필름이 끊긴다. 눈을 뜨니 아침이다. 나는 벌거벗은 채 침대에 누워 있다. 옆에 누운 사람은 내가 아는 사람일 수도 있고 모르는 사람일 수도 있다. 제발 아는 사람이었으면 좋겠다…… 아니, 제발 모르는 사람이었으면 좋겠다, 딸꾹!

술을 좋아할 수 있다. 술을 마시고 행복해질 수 있다. 한두 잔의 술은 인생의 윤활유다. 술은 액체로 만들어진 마음의 위안물이다. 만약 천국이 있다면, 그곳은 도서관처럼 생긴 것이 아니라, 24시간 영업하는 술집처럼 생겼을 것이다. 술은 팍팍한 21세기 지구인 누구에게나 달콤한 휴식이 될 수 있다. 또 되어야만 한다. 그러므로 나는 이 책을 읽고 코가 삐뚤어지게 마셔보고자 했다. 그러나 중독은 안 된다. 왜 우리는 술에 중독되면 안 되는가?

> 중독은 매우 복잡한 현상이지만 기본 개념은 명확하다. 즉, 욕망과 보상에 대한 두뇌의 정상적인 시스템이 알코올에 의해 헝클어져서, 행복감을 전해주는 신경 전달 물질의 기능이 손상되는 것이다. 음주 행위는 두뇌의 보상 체계를 인위적으로 '활성화시키는' 것이다. 마티니를 한두 잔 마시면, 알코올이 행복감을 전해주는 두뇌 회전 구조에 영향을 미쳐서 도파민이라는 신경 전달 물질의 분비를 촉진한다. 도파민이 바로 쾌락과 보상 감각에 핵심적인 역할을 한다. 알코올이 일정 수준 이상 남용되면 우리 두뇌는 그런 인위적인 활력 증가에 대상성 적응이라는 것으로 대응한다. 내적 물질 균형을 본래의 상태로 되돌리기 위해, 도파민의 분비를 감소시키는 것이다. 이에 따라 본래의 쾌락과 보상 회로는 고갈된다.

무서운 말이다. 술을 마시다 보면, 술에 의존해서 쾌락과 행복을 느끼게 된다. 술을 마시지 않으면, 다시 말해 깨어 있는 상태에서는 쾌락과 행복을 느끼지 못한다는 말이다. 술을 끊어야겠구나, 생각하고 있는데 "한잔하자"고 전화가 왔다. 지금 시각은 오후 여섯 시. 일곱 시에 만나 '소+맥'으로 위장을 적시자는 거다. 오늘은 원고 쓴 날이니까 한잔 해도 되겠지. 더구나 술에 관한 책을 읽었으면 술을 마셔야 하는 것 아닌가?

나는 전화기에 대고 외친다. "오케이! 이따 보자고!" 나는 이날 엄청 마셨다. 소맥 폭탄주 열 잔까지는 기억이 난다. 그 다음엔…… 눈을 떠보니 다행히 옆에는 익숙한 얼굴을 가진 여인이 누워 있었다.

이 책을 쓴 캐롤라인 냅은 서른다섯에 알코올 중독에서 벗어났다. 그런데 마흔넷에 폐암으로 죽었다고 한다. 세상이 다 그렇지 뭐.

몸으로 쓴 섹스 보고서

*

메리 로취, 『봉크』

마리 보나파르트 공주(그녀의 증조할아버지는 나폴레옹이다)는 길고 짙은 곱슬머리에 아름다운 갈색 눈을 가졌으며, 클리토리스와 질의 거리가 3센티미터였다. 이 거리가 공주를 우울하게 했다. 그녀는 섹스를 하는 동안 도무지 오르가슴을 경험할 수 없었다. 처음에는 남편 조르주(이 양반은 동성애자다) 탓을 했다. 그러나 프랑스 총리, 남편 부하, 연이어 사귄 또 다른 애인 세 명과 잠자리를 같이 하고 나서도 아무 느낌을 얻을 수 없었다. "분명 클리토리스가 질에서 너무 멀리 떨어져 있기 때문인 것이야……." 공주는 사극에는 어울리지 않을 이런 성의학적 대사를 내뱉었다. (프랑스 사극에는 이런 말이 나올지도 모른다. 워낙 지성파 시청자들이 많으니까.)

마리는 의사는 아니었지만, 1924년 의학 잡지 〈브뤼셀 메디컬〉에 논문을 게재한다. 주제는? '질과 클리토리스의 거리와 오르가슴의 상관관계' 참 학구적이면서도 끈질긴 공주였다. 마리는 자기가 아는 여성 234명의 '거리'를 직접 줄자를 들이대며 쟀다. 그들의 성생활에 대해 면담도 했다. 그리고 여성을 세 부류로 나누었다.

1. 질과 클리토리스의 거리가 2.5센티미터 이상인 여성들
   : 마리는 이들이 정상적인 오르가슴을 느끼기 힘들다고 주장했다.
2. 거리가 정확히 2.5센티미터인 여성들
   : 마리는 이들을 '불감증의 문턱에 있는 여성들'이라고 불렀다.
3. 거리가 2.5센티미터 이내인 여성들(피실험자의 69퍼센트였다.)
   : 마리는 이들을 '오르가슴이 보장된 행운의 여성들'이라고 불렀다.

모든 것은 강박 때문에

마리의 연구는 옳은 것이었을까. 통계학이라는 학문에 대한 지식이 없었던 마리는 자신의 주장과 피실험자들의 발언을 뒤섞어 논문을 발표한다. 그 뒤 행해진 아주 드문 실험과 연구를 통해 질과 클리토리스의 평균 거리만큼은 2.5센티미터가 맞다고 입증되기도 했다. 어쨌든 마리가 주장하려는 건 '질과 클리토리스가 가까울수록 오르가슴을 느낄 확률이 높다'(현대의 연구는 20퍼센트의 예외를 인정한단다)는 것이었다.

마리 보나파르트에 따르면, 가장 운이 좋은 경우는 암말과 암소다. 그녀는 논문에서 이런 동물은 클리토리스가 성기 입구 경계 지점에 정

확히 자리 잡고 있다는 점을 지적하면서 "신은 여성보다는 가축에게 더 큰 은혜를 베풀었다"고 애통해했다. 일반적으로 말이나 소가 몇 초만에 교미를 끝낸다는 점을 생각하면, 이 짐승들은 클리토리스로 먼저 점수를 따고 들어갈 필요가 절실할 것이다. (중략) '이 거리가 자신의 엄지손가락 너비보다 짧으면 오르가슴을 느낄 가능성이 높다.' 에머리 대학교의 행동신경내분비학 교수 킴 월런의 말이다. 월런은 질 오르가슴이라 부르는 것의 대부분이 클리토리스 오르가슴일 가능성이 있다고 생각한다.

메리 로취는 대단한 작가다. 섹스에 관한 책 『봉크』('섹스, 성교'의 비어)를 쓰기 위해 별의별 짓을 다한다. 손거울을 바닥에 놓고 자로 자신의 '거리'를 재어 성의학자에게 보내기도 하고, 남편을 꼬드겨 초음파 동영상 장치에 들어가 섹스를 하기도 한다. 그것도 그녀가 사는 캘리포니아에서 런던 의과대학 실험실까지 날아가서! 환자복을 입고, 중요한 부위만 내놓은 채, 후배위로 관계를 맺는 메리와 에드 로취 부부를 상상해보라! 메리의 남편 에드는 아내의 책을 위해 기꺼이 몸을 바친다. 메리는 남편을 혹 이렇게 꼬드기진 않았을까.

"런던행 왕복 비행기 표와 로열 발레단 공연 티켓 두 장, 최고급 호텔을 예약해놨어. 당신이 할 일은 나를 위해 딱 5분(!)만 힘써주는 거야." 실제로 에드는 별로 힘을 쓰지도 않았다. 런던 의대 연구원은 그에게 비아그라를 줬다.

메리는 책의 마지막 문장을 이렇게 끝낸다. "내 남편 에드는 메달을 받을 자격이 있다." 아, 이런 찬사를 받는다면, 나도 기꺼이 아내와 함께 초음파 동영상 촬영을 할 용의가 있다. 나는 얼마 전에 친지 병문안을 위해 아내와 함께 종합병원을 방문한 적이 있다. 마침 친지는 CT실에 검사를 받으러 가야 했다. 우리는 그분의 휠체어를 밀고 CT실까지 갔다. 친지를 침대에 눕히자 기사가 들어와 환자의 자세를 바로 잡아 주었다. 나는 침대가 너무 좁다는 게 불만이었다. 과연 저 좁은 곳에서 취할 수 있는 체위는 뭐가 있을까. 반쯤 풀어진 눈으로 아내를 쳐다봤다. "보호자 분은 나가주세요." 기사의 말에 정신이 돌아왔다.

메리 로취는 도대체 왜 이런 책을 썼을까. 그녀는 말한다.

"마스터스와 존슨에 대해 인정할 것은 인정하자. 그리고 알프레드 킨제이와 로버트 라투 디킨슨과 올드대드를 비롯해 이 책에 소개된 모든 이들의 공로를 인정하자. 이제까지 실험실에서 한 성性 연구는 언제나 어렵고 위험하고 보수도 변변찮은 활동이었다. 연구를 따로따로 놓고 보면 보잘것없고 때로는 어리석어 보이기도 한다. 하지만 이렇게 알게 된 것들의 집합체—학문과 대중문화가 어우러져 추는 탱고는 우리를 더 행복한 곳으로 이끌어왔다."

그렇다. 탱고를 출 줄은 몰랐던 아이작 뉴턴도 말했다. "우리가 아는 것은 한 방울의 물이며, 우리가 모르는 것은 대양"이라고. 카트린 파지크는 말했다. "책을 읽은 뒤에 이전보다 더 많은 것을 모르게 된다"고. 우리가 안다고 생각하는 것은 보잘것없다. 하찮다. 먼지다. 좆이다(마지막은 메리 로취 식 표현). 그러므로 안다고 까불지 말고, 모른다고 기죽지 말 일이다. 남이야 섹스에 대해 쓰든 섹스를 연구하든 섹스를 하든 상관하지 말 일이다.

메리 로취의 책은 우리가 몰랐던 사실을 알려줄 뿐 아니라 재미도 있다. 그녀는 책을 쓰기 위해 자신의 인생을 극한까지 몰고 가는 작가다. 머리말의 일부분이다.

"나는 나의 연구에 대한 강박관념이 있다. 항상 그런 게 아니라 순차적으로 그렇다는 거다. 어떤 주제든 책을 한 권 쓸 때마다 느낀다. 좋은 연구는—과학 발전을 위해서든 책을 쓰기 위해서든—모든 강박관념의 한 형태다."

심리학적으로 이 명제는 옳을지 모른다. 작가는 쓴다. 강박 때문에. 가수는 노래하고, 코미디언은 웃기며, 선생은 가르친다. 강박 때문에. 사업가는 일을 벌이고, 축구선수는 공을 차며, 댄서는 스텝을 밟는다. 강박때문에. 여행가는 길을 떠나고, 바람 든 연놈은 미쳐 돌아다니며, 회사원은 오직 퇴근 시간을 기다린다. 강박 때문에. 사기꾼은 구라를 치고, 야바위꾼은 등을 치고, 정치가는 뻥을 친다. 강박 때문에. 그렇게 하지 않으면 견딜 수 없기 때문에. 그렇게 할 수 밖에 없기 때문에. 그렇게 하면서 살라고 태어났기 때문에. 천성이 그렇기 때문에…….

그녀와의 인터뷰

나는 책을 읽으면, 책에 나온 대로 하고 싶어진다. 이것도 강박 때문이다. 그럼 뭐부터 해야 하나. 나는 질도 클리토리스도 없다. 거리를 잴 수도 없다(손거울도 없고 자도 없다). 물론 몇 가지 방법은 있다.

첫째, 『봉크』에 나온 대로 남자들의 음경 길이를 재본 다음 평균을 낸다. 이 연구는 자신의 페니스가 평균보다 작을 거라고 믿는 한국 남자들에게 희망을 줄 수 있다. 그러나 지원자가 있을까.

군 입대를 위해 신체검사를 받던 때가 생각난다. 만 19세의 청년들이 실내에 모여 줄을 선다. "까!"라는 소리에 청년들은 일제히 팬티를 내린다. 그러면 남자 간호병들은 의료용 고무장갑을 끼고 신병들의 고환을 만진다. 그게 두 개인지 확인하는 것이다. 도대체 그건 왜 확인하는 걸까. 설령 고환이 세 개라고 뭐 달라지나.

둘째, 질-클리토리스의 거리와 오르가슴의 상관관계를 알아본다.

근데 어떻게? 만나는 여자마다 붙들고 "저, 혹시 질과 클리토리스의 길이가 어떻게 되나요? 오르가슴은 느끼시나요?"라고 물어보란 말인가. 아니면 신음 소리가 흘러나오는 모텔 방의 문을 노크해 침대 위에서 카마수트라 그림첩에 나오는 체위를 실험하고 있는 남녀들에게 잠깐 양해를 구한 뒤, 여성의 다리 사이에 자를 집어넣고 측정하란 말인가.

셋째, 성과 섹스에 대해 잘 아는 사람을 만나 인터뷰를 한다.

결국 내가 할 수 있는 일은 이것뿐이다. 나는 내 친구이자 밤의 황제를 자처하는 양 사장에게 전화를 했다. 양 사장은 내 이야기를 듣고, 도움이 될 만한 여자를 한 사람 소개해줬다. 그녀의 이름을 미교라 하자. 미교는 대학을 중퇴했고, 상당한 독서가였으며, 주얼리 숍에서 일하고 있다 했다. 키는 163센티미터 정도에 통통한 살집, 긴 생머리, 약간 가무잡잡하지만 탄력 있고 탱글탱글한 피부를 자랑하고 있었다.

반갑습니다.

네, 반갑습니다.

단도직입적으로 묻죠. 그동안……

하하하!

왜 웃으시는 거죠?

제가 좋아하는 걸 딱 아시네요. '단도직입!'

…….

그동안 몇 명이랑 자 봤냐? 뭐 이런 게 궁금한 거죠?

네…….(이때부터 기가 꺾이기 시작했다.)

(한참을 생각하더니) 딱 독립선언서에 서명한 사람 수와 같네요. 33인.

헉! 서른셋. (완전히 기가 죽는다.) 혹 올해 연세가 어떻게?

여자 나이 묻는 건 실례. 호호호. (짐작이지만, 30대 초중반인 듯하다.)

음, 가장 재수 없는 남자는 어떤 남자죠?

사정하고 바로 목욕하는 인간. 다신 안 만나요.

그럼…… 어떻게 해야 하나요?

(상당히 안됐다는 듯이 나를 쳐다보며) 디저트는 레스토랑에만 있는 게 아니죠.

아하, 그럼 애피타이저는?

(이것 봐라? 하는 눈빛으로) 마사지, 마사지, 마사지!

그것도 개인 취향에 따라 다르겠죠?

그렇죠.

그럼, 멋진 파트너는 어떤 사람인가요?

음…… 먼저 마음을 얻으려는 사람이죠. 대화가 통해야 한다고 할까요? 사실 침대 위 스킬은 중요하지 않아요. 침대에 가기 전에 여자는 마음을 정해요. '오늘은 이 남자랑 자고 싶다.'고. 근육질도 좋고 돈 많은 남자도 괜찮지만, 다정한 남자가 좋죠. 거기다 조금 스마트한 모습이 있으면 오케이. 너무 잘난 척하는 건 금물.

그래요? 저, 피임은 어떻게 하나요?

(이 대목에서 처음 머뭇거렸다.) 사실 피임은 잘 안 해요. 콘돔은 느낌이 안 살고, 피임약은 자꾸 까먹어요.

그럼, 문제가 될 때가 없나요?

문제가 될 때가…… 몇 번 있었죠.

…….

잘 알아서 해야죠. 그때그때 달라요.

보통 며칠에 한 번 섹스를 하나요?

매일 하면 좋고…… 일주일에 한 번 정도?

파트너와 평균 교제 기간은?

그것도 다양하죠. 한 번 만나고 마는 경우도 있고, 한 3년 사귈 때도 있고.

대체로 매번 오르가슴을 느끼는 편인가요?

거의 매번 느낀다고 봐야죠.

나는 그녀에게 마리 보나파르트의 이론이 정말 맞는지 묻고 싶었다. 질과 클리토리스가 가까울수록 오르가슴을 느낄 확률이 높다는.

해부학적인 질문을 해도 될까요? 질과 클리토리스가…….

붙어 있어요.

걷기의 발견

*

『걷기 예찬』, 다비드 르 브르통

걷는다는 것은 인간의 가장 원초적인 행위다. 인간은 500만 년 전부터 두 발로 걸었다. 한 곳에서 다른 곳으로 이동할 때 인간이 할 수 있는 행위는 오로지 걷기였다. 인간은 그렇게 수백만 년 동안 걸어왔다. 그리고 최근 30년 동안은…… 걷지 않았다.

내가 아는 범위에서 거의 대부분의 사람이 걷지 않는다. 500m 떨어진 직장까지 차를 몰고 가는 사람을 알고 있다. 400m 떨어진 대학 체육관의 러닝머신에 올라타기 위해 차를 몰고 가서, 주차할 공간을 찾을 수 없다고 심각하게 열을 내는 여자를 알고 있다. 언젠가 그녀에게, 차라리 체육관까지 걸어가서 러닝머신을 5분 정도 덜 타는 게 어떠냐고 물어 본 적이 있다.

빌 브라이슨, 『나를 부르는 숲』

인간은 걷는다. 걷기 때문에 인간이다. 동물은 긴다. 기기 때문에 동물이다. 모름지기 인간이라면 걸어야 한다. 배를 땅에 깔고 움직이지 않는 것은 인간이 할 짓이 아니다. 그러므로 세상의 수많은 복지부동하는 존재들은 인간이 아니다. 기지도 않으므로 동물도 아니다. 그럼 아메바? 말미잘? 무생물?

발에는 뿌리가 없다

차를 몰고 나갈 때면 나는 집에서 차까지 50미터, 차에서 사무실까지 또 50미터, 점심시간에 식당까지 80미터 정도를 걷는다(거의 말미잘 수준이다). 집으로 돌아올 때는 반대로 되풀이하니까 결국 내가 하루 동안 걷는 거리는 280미터에 불과하다.

대중교통을 이용하면 집에서 사무실을 오가며 5킬로미터를 걷는다(인간으로 돌아온다). 매일 이렇게 걷는다면 무병장수할 수 있을 것 같다. 유명한 마라토너 이홍열은 『걷기 박사 이홍열의 건강 워킹』에서 "걷기를 지속적으로 실천하면 면역 기능이 좋아지고, 심장 질환의 위험이 줄어들며, 근력, 혈압, 성기능, 시력이 좋아진다. 요통, 변비, 골다공증을 예방하고, 수면의 질이 좋아지며, 스트레스, 불안감이 줄어든다. 당뇨, 대장암, 전립선암, 유방암, 뇌졸중의 발생 위험이 줄고, 만성두통이 사라진다. 살이 빠진다"고 했다. 만병통치다.

갑상선 이상으로 죽음의 문턱을 넘나들던 세실 가테프는 "걷기가 날 살렸다"고 말한다. "갑상선이 정상적인 기능을 회복하기 위해서는 약물 치료가 필수적이었지만 의사는 내게 심리적 신체적 효과가 있는 '걷기'를 처방해주었다. 걷기는 내게 저항력을 키워주었고, 체내의 독소를 제거하는 데 큰 도움을 주었다. 가장 힘겹던 순간에도 나는 걷기를 통해 얻은 에너지로 무장하고 나를 쓰러뜨리려고 기를 쓰는 병마와 끈질긴 싸움을 계속했다. 그런 시련의 시간을 보내고 걷는 능력을 회복하면서부터 나는 정상인의 활력과 삶에 대한 믿음을 되찾았다. 이제 걷기는 내 인생에서 가장 중요한 부분이 되었다."『걷기의 기적』

갑상선 질환을 선고받을 당시 세실은 다른 사람의 부축을 받지 않고는 걷기도 힘들 정도였다. 그해 여름부터 시작한 걷기는 그녀의 인생을 바꿔놓았다. 그녀는 날마다 조금씩 걷기 시작했고, 겨울이 시작될 무렵 갑상선 질환이 완쾌되었다.

『걷기의 철학』을 쓴 크리스토프 라무르는 "걷기는 시간의 흐름에 맞춰 어우러지며, 시간의 가장 내밀하고 근본적인 리듬을 흉내 내는 것이다. 걷는 사람은 자신과 세상의 맥박 사이의 일치를 추구하며, 그의 노력을 여정 전체에 걸쳐 분산하기에, 오로지 길만이 아름답다"고 했다.

내가 아는 한, 걷기에 관한 한 가장 아름다운 책은 『걷기 예찬』이다. 나는 다비드 르 브르통의 이 산문집을 읽으며 내내 줄을 쳤다.

"우리들의 발에는 뿌리가 없다. 발은 움직이라고 생긴 것이다."

"시간과 장소의 향유인 보행은 현대성으로부터의 도피요 비웃음이다."

"걷기는 세계를 느끼는 관능에로의 초대다. 걷는다는 것은 세계를 온전하게 경험한다는 것이다. 이때 경험의 주도권은 인간에게 돌아온다. 기차나 자동차는 육체의 수동성과 세계를 멀리하는 길만 가르쳐주지만, 그와 달리 걷기는 눈의 활동만을 부추기는 데 그치지 않는다. 우리는 목적 없이 그냥 걷는다. 지나가는 시간을 음미하고 존재를 에돌아가서 길의 종착점에 더 확실하게 이르기 위하여 걷는다."

"1935년 여름 열아홉 살 먹은 영국 젊은이 로리 리는 어느 날 아침 문득 고향집을 떠난다. 그리고 아무 거리낌 없이 자신의 난처한 상황에서 벗어나버린다. '자, 그럼 어디로 갈까? 프랑스로? 이탈리아로? 그리스로? 요컨대 어딘가에 가야겠다는 것뿐이었다.'"

"걷기는 집의 반대다. 걷기는 어떤 거처를 향유하는 것의 반대다."

"걷는 사람은 시간의 부자다. 그는 자기 시간의 하나뿐인 주인이다. (중략) 더 이상 시간을 지킬 필요가 없이 보내는 삶, 그것이 바로 영원이다."

걸어야겠다. 『걷기 예찬』을 읽고 나서 내가 할 일이란 걷는 것 밖에 없다. 술에 대한 책을 읽고 술을 마시고, 사랑에 대한 책을 읽고 사랑을 나누는 것이 나의 오랜 독서법이므로……. 가능하다면 나는 내내 사랑에 대한 책만 읽고 싶다만.

걷기의 즐거움을 깨닫다

먼저 나는 사무실에서 우리 집까지 걸어보기로 했다. 네이버 지도의 '빠른 길 찾기'에 따르면 집필실이 있는 마포구 서교동 홍대 입구에서 도봉구 쌍문동 집까지 거리는 21.5킬로미터 정도다. '홍대 앞 – 연희동우체국 – 서대문구청 – 홍제IC – 정릉 – 솔샘터널 – 한신대 – 광산사거리 – 우리집' 코스를 택했다. 시속 4킬로미터 정도의 속도로 걸으면 5시간쯤 걸린다.

어느 일요일 아침, 나는 눈을 뜨자마자 말했다. "오늘 걷고야 말겠어." 침대에 누워 있던 아내가 잠이 덜 깬 목소리로 물었다. "그냥 수유역 정도(집에서 지하철로 한 정거장 거리) 갔다 와서 원고 쓰면 안 돼? 굳이 그 먼 거리를 걸어야겠냐고." 그러면서 내 가슴 위에 손을 얹었다. 나는 그녀의 손길을 뿌리치며 답했다. "나보고 사기를 치라고?"

아침을 먹고, 일단 몸무게를 쟀다. 77.5킬로그램. 아마도 돌아올 때쯤이면 76킬로그램 정도의 날렵한 몸매가 되어 있겠지? 흐흐흐. 생각만 해도 뿌듯했다. 배낭에는 물과 지도, 여벌의 옷과 초콜릿을 넣었다. 집에서부터 사무실이 있는 홍대 입구까지는 지하철을 탔다. 홍대 입구에 도착한 때가 12시 20분. 집을 향해 걷기 시작했다.

동교동로터리까지가 가장 힘들었다. 시작해서 겨우 300미터도 채 안 되는 바로 이 구간이! 숨이 차고 무릎이 아파왔다. 운동 부족을 실감했다. 피자헛 연희지점을 지났다. 10시쯤 아침을 먹었는데 벌써 배가 고팠다. 아내는 "탄수화물이 필요할 테니 점심은 꼭 스파게티를 먹으라"고 했다. 그것도 피자헛 스파게티를 강력히 추천했다. 그러나 걷기 시작한 지 1킬로미터도 안 돼서 밥부터 먹을 수는 없었다. 나는 그곳을 지나쳤다.

연희동의 한 상가 점집 간판엔 이렇게 쓰여 있었다. '알고자 하는 것을 알려드립니다 — 윤보살' 대단한 카피였다. 내년에는 좀 나아지려나, 돈을 많이 벌 수 있을까, 오래 살 수 있을까, 아니 당장 오늘 집까지 무사히 걸어갈 수 있을까, 이런 것들을 알고 싶었다. 잠깐 들러 상담이나 받고 갈까. 나는 그 간판이 있는 건물 앞까지 가봤다. 안타깝게도 윤보살 님은 '일요일 휴무'를 지키고 있었다.

30분 후 서대문소방서를 지날 때쯤 등에 땀이 차기 시작하면서 컨디션이 오히려 좋아졌다. 그제야 몸이 깨어나는 듯했다. 나는 스트레칭을 했다. 준비운동도 하지 않고 집을 떠난 것이 생각났기 때문이다. 버스 정류장 앞에서 가로수를 붙들고 다리를 찢고 있는 내 모습을 사람들이 이상하게 쳐다봤다.

서대문구청 앞을 지나 홍제천을 따라 기분 좋게 걸었다. 홍제천이 생각보다 깨끗한 것에 놀랐다. 바로 옆이 4차선 도로인데도 공기가 맑은 것에 또 놀랐다. 왜가리 한 마리가 얼지 않은 물 사이를 휘적휘적 걷고 있었다. 걷기의 기쁨이란 이런 것이다. 차를 타고 수십 번은 지나쳤을 텐데, 나는 홍제천이 그렇게 맑은 줄 몰랐다. 또 그곳에 새들이 있는 줄 몰랐다.

호흡은 느리게, 걸음은 천천히

때로 조금 천천히 가는 편이 인생의 아름다움을 느끼게 한다. 틱낫한 스님은 "도시에서는 소음이 귀를 괴롭히고, 잡다한 광경이 시야를 흐린다. 호흡을 느리게 하고 걸어 보라. 소음과 혼란 가운데서도 당신의 마음속에 평화의 작은 섬을 만들 수 있다"고 설파했다. 홍제천 맑은 물은 잠시나마, 내게 평화의 섬을 만들어주었다.

1킬로미터쯤 걷다가 그랜드 힐튼 호텔 앞에서 다시 도로로 올라왔다. 서울의 모든 보도가 홍제천 길처럼 쾌적한 건 아니라는 게 안타까웠다. 유진상가를 지나면서 발바닥이 아프기 시작했다. 하지만 앉아서 쉴 만한 곳이 없었다. 벤치는 공원에나 있는 것 같았다. 빵집을 두 곳이나 보았지만 지나칠 수 밖에 없었다. 그곳에 들어가 숨을 고르고 빵을 먹고 싶었지만, 모두 테이블 없는 빵집이었다(도대체 십대들은 어디에서 미팅을 하는 걸까).

홍제IC에서 택시를 탔다. 홍지문－정릉터널은 걸어서 지날 수 없기 때문이다. 정릉에서 내려 다시 걷기 시작했다. 2시 반이다. 이젠 정말 뭔가를 먹어야 할 때다. 피자헛이 보였다. 젠장, 이곳에도 테이블이 없다.

"앉아서 먹을 곳은 없나요?"

"죄송합니다. 이곳은 배달 전문점입니다."

잠시 생각했다. 근처 공원으로 배달을 시킬까. 가게를 나와 정릉 쪽으로 걸었다. 청수장 입구에서 우회전, 풍림아파트까지 갔다. 이곳은 거의 등산 코스다. 헉헉거리며 솔샘터널을 지났다. 전 구간 중 가장 힘들었던 곳이다.

SK아파트 앞에서 1165번 시내버스를 발견했다. 우리 집까지 가는 거다! 버스가 이렇게 반가운 적은 없었다. 당장 올라타고 싶었다. 10킬로미터쯤 걸은 사람에게 대중교통은 위대해 보였다.

벽산상가 중국 음식점은 문을 닫았고, 도미노피자에는 역시 의자가 없었다(정말 의문이다, 중고생들은 어디서 친구를 만나는 걸까). 오후 3시, 우리밀 칼국수 집에서 점심을 먹었다. 신을 벗고 방바닥에 앉으니 발에서 열이 난다.

칼국수를 먹고 일어서서 다시 집으로 향하는데 속도가 나지 않았다. 체력이 현저히 떨어진 것을 느꼈다. 택시를 잡아타고 싶은 마음이 굴뚝 같았다. '누가 지켜보는 것도 아니잖아!' '얄팍한 생각 하지 말자.' '이 길은 내가 차를 타고 수십 번도 더 지났던 곳이야. 대충 써도 상관없어!'

만화를 보면 천사와 악마가 등장해 번갈아가며 사람을 꼬일 때가 있는데 그때의 내가 그랬다. 나는 천사와 악마를 돌려보내고 다시 걷기 시작했다. 한신대 앞에서 수유사거리로 우회전, 우이초등학교 앞에서 광산 사거리 쪽으로 다시 우회전했다.

광산사거리 앞 편의점에 들어가 초코우유를 샀다. 가게 앞 의자에 앉아 우유를 마시고 있자니, 십대 남녀 넷이 삼각 김밥을 먹으며 친구들 흉을 보고 있었다. 이제 알았다. 21세기를 사는 한국 청소년들은 편의점 앞에서 데이트를 한다!

집까지는 3킬로미터. 거의 다 왔다. 허리도 아프고 발목도 지끈거린다. 아내가 전화를 했다.

"어디예요?"

"한일병원 지났어."

"와우, 빠른데? 힘들지 않아요?"

"괜찮아."

"결국 사기는 치지 않게 됐네?"

그렇다. 사기는 치지 않게 됐다. 오후 5시 정각, 집에 도착했다. 택시 탄 구간을 빼고, 집에서 사무실에 갈 때 지하철을 이용하면서 걸은 거리 1.5킬로미터를 더하면 하루 동안 18킬로미터를 걸었다. 짧은 경험이었지만 나는 걷는다는 것이 매우 매력적이라는 걸 알게 됐다. 몸에 무리가 올 줄 알았는데 별 이상이 없었다. 우리 몸은 우리가 생각하는 것보다 훨씬 강하다.

집에 돌아와 다시 몸무게를 쟀다. 78킬로그램! 출발할 때는 77.5킬로그램이었다. 도무지 알 수 없는 노릇이었다. 걷기가 체중 감량에도 좋다는 가설은 나에게 해당되지 않나 보다.

다음 날, 나는 차를 집에 두고 6킬로미터를 걸었다. 화요일 역시 7킬로미터쯤 걸었다. 그러다 수요일 오후, 왼쪽 발목이 갑자기 아파왔다. 병원을 찾았다. 무리한 운동으로 근육에 이상이 생겼다고 했다. 그 후 2주 정도 물리치료를 받았다. 병원에 다녀온 날, 아내는 이렇게 말했다.
"글로 쓸 거리가 하나 더 생겼네!"

도대체 그녀에겐 뭐가 더 중요한 걸까.

자전거로 바꾸다

*

정태일, 『바이시클 다이어리』
장치선, 『하이힐을 신은 자전거』

『바이시클 다이어리』를 쓴 정태일의 2005년 이전 모습은 그리 희망적이지 않았다. 대학을 졸업하고 그는 구직 활동을 아흔여덟 번 반복하다 포기하고 만다. 동네 독서실 총무로 취직한 그는 어느 날 월급 봉투를 받아든다. 그 안엔 정확히 87만 6,000원이 들어 있었다(반올림하면 88만 원!). 그는 몇 해 뒤 우석훈의 『88만원 세대』를 읽고 시대를 앞서간 재야 경제학자의 예상에 경악한다.

서울의 괜찮은 4년제 대학을 나온 그가 직업 또는 직장을 얻지 못해 전전긍긍하고 있을 때, 그의 아버지는 파리행 왕복 비행기 표와 빨간색 산악자전거(MTB) 한 대를 선물한다. "아들아! 더 넓은 세상을 보고 오너라!"라는 말과 함께(누가 이런 아버지 좀 소개해줘요!).

2005년 여름, 정태일은 파리로 떠난다. 그리고 석 달 동안 자전거로 유럽 대륙 2,500킬로미터를 누비고 돌아와 『바이시클 다이어리』를 쓴다. 이 책을 쓰고 얼마 뒤 그는 중견 기업 홍보실에 입사한다. 그리고 "책을 쓰면서 자신감도 생겼다"고 했다. 나는 『바이시클 다이어리』를 읽고 나서 그를 인터뷰했다.

자전거 타는 사람들

여전히 자전거를 타는가?

물론이다. 집인 보광동에서 성내동 회사까지 자전거를 타고 출퇴근한다. 왕복 32킬로미터의 거리다.

대단한 거리다. 출퇴근이 가능한가?

가능하다.

매일 자전거로 출퇴근하는가?

봄, 가을엔 자전거를 타고 다닌다. 일주일에 3일 정도.

현재 오가는 코스는 어디인가?

보광동에서 서울숲 – 잠실철교 – 올림픽공원 쪽 코스를 이용한다.

시간은 얼마나 걸리는가?

한 시간쯤 걸린다.

복장 문제는 어떻게 해결하는가?

회사 앞 헬스클럽에 정장을 보관한다. 아침에 클럽에 도착해서 샤워를 하고 옷을 갈아입고 출근한다.

위험하지 않은가?

집에서 나와서 회사까지 강변의 자전거 도로를 이용하기 때문에 위험하지 않다. 회사가 충무로에 있을 땐 일반 도로를 이용해서 위험했다.

어떤 점이 위험한가?

자전거로 1차선을 이용하는 건 무리다. 바깥쪽 차선을 이용하는데 사고가 자주 일어난다. 버스나 일반 차량 운전자들에게 욕도 많이 먹었다. 차에 탄 승객들은 대부분 '잰 출근길에 왜 저러지' 하는 표정이다.

어쩌다 교통 문제를 지적하는 자리가 됐다. (웃음) 백수 시절에 용기 있게 유럽 여행을 한 사람으로서, 여전히 힘겨워하고 있는 후배들에게 하고 싶은 말은?

없을 때일수록 더 여행을 하라는 말을 하고 싶다. 물론 지금은 돈도 없고 여유도 없을 것이다. 그러나 나중에 돈과 여유가 생기면 시간이 절대로 부족하다. 지금 당장 이곳을 떠나라고 권하겠다. 무작정.

정치적으로 너무 바른 말을 하는 정씨. 책에서도 그는 참으로 올바른 말씀만 하신다.

차에 탄 사람들은 신경질 한 번 내지 않고 멈추어 서거나 조심스레 속도를 낮춘다. 파리의 도로에서도 차와 사람과 자전거가 앞서거니 뒤서거니 하면서 사이좋게 다니고 있다. 낯설고 아름다운 광경이다. 운전자들은 자전거 도로를 유유히 달리는 바이커들에게 호의적이다.

고속도로로 이어지는 길에서 방향을 잘못 튼 자전거 뒤로 죽 늘어선 자동차의 행렬은 우리에게 예사롭지 않은 풍경이다. 어떻게 운전자들이 자리를 박차고 나와 욕설을 내지르지 않는 것일까? 아마도 운전자들 모두가 자전거를 이용하기 때문에 스스로를 자전거 타는 이와 동일시하는지도 모른다. 서울에서 같은 일이 벌어졌다면 어땠을까? 상소리가 오가고 몸은 물론 마음까지 한참이나 불편했으리라.

『하이힐을 신은 자전거』의 장치선은 농협 사내 아나운서로 근무하면서 자전거 타기를 취미로 삼고 있다. 그는 산악자전거 마니아도 아니고 쫄바지도 입지 않는다(심지어 헬멧도 쓰지 않는다!). 13만 원 주고 산 중국산 미니벨로를 타고 출퇴근할 때 집에서 지하철역까지 가는 게 전부다. 스판덱스 소재의 옷 대신 정장을 입고, 라이딩 슈즈 대신 하이힐을 신고서. 때로 민소매와 핫팬츠 차림으로 거리를 누비기도 한다. 그녀에게 중요한 것은 패션이다. 자전거도 패션의 일부다. 지금은 저렴한 자전거를 몰고 있지만, 승용차를 가진 사람들이 그렇듯이, 그녀 역시 늘 최고의 명차를 꿈꾼다.

명품 자전거들이 쓸데없이 너무 비싸다고 생각하는 사람들이 많을 것이다. 그런데 세상의 모든 욕망은 사치스럽다. 자전거나 옷, 구두가 아니라 책이라고 해도 마찬가지다. 언젠가 신촌의 헌책방에서 책에 대한 욕망을 가진 어떤 남자를 본 적이 있다. 그는 서점 주인에게 '혹시 『광장』 초판본 구하면 알려 주세요. 값이 얼마든 제가 살 겁니다'라고 말했다. 세상에 딱 하나밖에 존재하지 않는 어떤 것을 찾는 수집가들의 욕망이 비웃음의 대상이 될 수는 없다. 세상에 딱 하나밖에 없는 사랑을 찾는 마음을 비난할 수 없는 것처럼. 커트니 콕스는 〈프렌즈〉에 함께 출연했던 제니퍼 애니스톤에게 샤넬 자전거를 선물했다. 이 자전거 안장에는 샤넬 2.55백이 장착돼 있다. 우리 돈으로 1,200만 원 정도 한다. 사이클 선수 출신의 패션 디자이너 폴 스미스가 디자인한 빨간색 자전거는 딱 스무 대만 생산한다고 들었는데, 그중 두 대가 우리나라에 들어왔다고 한다……. 누가 내게 마르지 않는 지갑을 다오!

그러게. 누가 나한테도 마르지 않는 지갑을 다오! 한도도 없고 청구서도 없는 신용카드를 다오! 예수가 주연한 드라마 〈가나의 결혼잔치〉에 소품으로 쓰였던 와인 항아리를 다오! 일단 마술 지갑으로는 폴 스미스 자전거를, 긁어도 티 나지 않는 카드로는 탄노이 오토그라프 스피커를 구입하리라. 와인 항아리에는 로마네콩티 1985년 빈티지를 채워 넣어야지. 더불어 W 호텔 그랜드 볼룸을 전세 내고 풀코스 부르고뉴 정찬을 주문한 후 나와 애인들과 애인의 애인들을 불러 놀아보리라…….

자전거의 축복

다시 꿈을 깬 나는 현실적인 실천에 몰두한다. 자전거 책을 읽고 자전거를 탄 것이다. 아직 날도 풀리지 않았건만. 1월의 어느 날, 나는 자전거 타기를 체험하기 위해 여의도 광장으로 갔다.

오전 10시 45분, 여의도 국민일보 앞에서 자전거를 대여했다. 갈 때는 마포대교 – 마포역 – 가든호텔 – 대흥역 – 서강대앞 – 신촌의 4.8킬로미터 구간을, 올 때는 신촌 – 광흥창역 – 서강대교 – 국민일보의 3.8킬로미터 구간을 택했다.

마포대교 위에서 기어를 바꿔봤다. 2년 전 자전거를 잃어버리기 전까지 가끔 하이킹을 했지만, 내 자전거는 늘 기어가 말썽이었다(중국제였다). 그래서 어느 시점 이후로 자전거 기어에 신경을 쓰지 않았다. 대여한 자전거를 타면서 우선 왼쪽 기어변속기를 L자 쪽으로 돌려봤다. 앞바퀴의 가장 큰 기어에 물려 있던 체인이 중간 체인으로 옮아갔다. 기어를 바꿔가며 가다 보니, H에 놓았을 때 페달을 적게 돌려도 잘 달렸다. L은 오르막길을 갈 때 쓰는 거라는 기억이 되살아났다. 나중에 집에 돌아와 인터넷 검색으로 확인해봤다. 네이버 지식인에 이런 글이 있었다.

> 자전거 기어 변속에 대하여
>
> 왼쪽 핸들 쪽이 앞바퀴, 오른쪽이 뒷바퀴입니다. H는 하이(높다)의 약자고 L은 로우(낮다)의 약자입니다. (중략) 평지나 내리막길에서 고속주행을 할 때 H에 놓고 달리세요. 오르막길에선 기어를 두 쪽 다 L로 해놓고 달리세요. 적은 힘을 들여도 오르막길을 잘 올라갈 수 있습니다. (중략) 평지를 주행하다가 약간 오르막길이 나왔는데 무식하게 계속 깡으로(?) 밟으면서 가지 마시고 기어를 한 단계 내려주세요. 속도는 줄지만 힘은 확실히 덜 들어가는 걸 느끼게 됩니다.

앞바퀴 중간 기어에 걸린 체인을 큰 기어로 옮기려고 왼쪽 변속기를 돌렸다. 최대한 돌렸는데도 체인이 꼼짝도 하지 않았다. 왼쪽과 오른쪽 변속기를 번갈아 돌려봤다. 갑자기 중간 기어에 걸린 체인이 빠져버렸다. 지나는 이 없는 마포대교 한복판에서, 찬바람 부는 한강다리 위에서 오도 가도 못하게 된 것이다.

자전거를 세우고 살펴봤다. 앞바퀴에서 빠진 체인이 프레임에 걸려 있었다. 체인에는 검은 윤활유가 잔뜩 묻어 있었다. 장갑을 낀 손으로 이리저리 체인을 걸어봤다. 잠시 후 뒷바퀴 체인이 걸려 있는 어떤 부분을 앞으로 밀어 보니 앞쪽 체인이 여유 있게 움직인다는 사실을 알게 됐다. 이 체인을 다시 큰 기어에 끼웠다. 기어에 끼운 다음에 페달을 조심스레 돌렸지만 체인은 다시 빠져나갔다. 몇 번 시도한 끝에 체인을 채웠는데 이번엔 기어가 움직이지 않았다. 그때 프레임에 새겨진 'Made in China'라는 문구가 눈에 들어왔다. 왜! 우리나라 자전거는 몽땅 중국제냐구! 지난해 가을 신종플루에 걸린 이후 처음으로 체온이 38.7도까지 급상승했다.

결국 앞바퀴 체인을 H기어에 고정한 채 자전거를 타야 했다. 그런데 마포역 앞에서 횡단보도를 건너 염리동 119센터를 지나자 오르막이 시작됐다. 기어 변속을 할 수 없는 '장애 자전거'를 가지고 이 길을 올랐다. 네이버 지식인은 '오르막길이 나왔는데 무식하게 계속 깡으로(?) 밟으면서 가지 마시고' 라고 말했지만, 나는 그냥 무식하게 깡으로 페달을 밟으면서 올랐다. 덜커덕! 앞쪽 기어뿐 아니라 뒤쪽 기어도 말을 듣지 않았다(양쪽 기어 H 고정이라는 대략 난감 상황 발생).

김훈은 『자전거 여행』에서 "자전거를 타고 저어갈 때, 몸은 세상의 길 위로 흘러나간다. 구르는 바퀴 위에서 몸과 길은 순결한 아날로그 방식으로 연결되는데, 몸과 길 사이에 엔진이 없는 것은 자전거의 축복이다. 그러므로 자전거는 몸이 확인할 수 없는 길을 가지 못하고, 몸이 갈 수 없는 길을 갈 수 없지만, 엔진이 갈 수 없는 모든 길을 간다"고 했다.

나는 고정된 기어로 오르막길을 오르며 엔진이 없다는 것이 반드시 축복만은 아니라는 사실을 깨달았다. 길을 가다 조금만 경사로가 나와도 자전거를 끌고 가야 했으니까(양쪽 기어 H 고정의 효과).

롯데마트에서 우회전, 대흥역을 거쳐 서강대학교를 지났다. 신촌에 도착한 것은 11시 25분. 40분이 소요됐다. 자전거에서 내렸을 때, 세 가지 신체적 변화가 느껴졌다. 엉덩이가 아팠고, 겨울인데도 등에서 땀이 났으며, 허벅지 근육이 단단해진 듯했다.

정각 12시, 신촌에서 다시 출발했다. 서강대 앞에서 신촌로터리까지는 차량이 가득 차 있었다. 운전자들의 얼굴에는 짜증이 서려 있었다. 하지만 자전거 타는 사람들에겐 정체가 없다. 그러므로 자전거를 타는 사람은, 자동차를 탄 사람들이 받는 스트레스로부터 자유롭다.

기분 좋게 신촌로터리를 지났다. 신촌으로 올 때는 주로 인도를 이용했는데, 돌아갈 땐 차도로 나섰다. 다주쇼핑 뒷문 쪽을 지날 때, 옆길에서 튀어나온 갤로퍼 한 대가 급정거를 했다. 운전자는 유리창 너머로 뭐라고 중얼거리며 화가 난 표정을 짓는다. 아마도 "왜 자전거를 타고 차로로 다니는 거야? ××××!"라고 말했던 것 같다. 나는 고개를 끄덕여 미안하다는 표시를 했다. 원래 자전거도 차로로 다녀야 하는 것이 맞다. 그러나 우리나라의 차로에서는 여전히 자동차만이 주인이다.

베를린 시민 350만 명 중 35만 명이 자전거로 출퇴근하는 사람들이다. 베를린 전체 도로 중 625km가 자전거 전용 도로이고, 이중 500km는 차도에 설치되어 있다. 유유히 도로 위를 달리는 자전거 이용자들은 자동차 이용자들에게 전혀 주눅이 들지 않은 모습이다. 시내 곳곳에 자전거 이용자를 위한 교차로 안내표지가 눈에 띈다. 신호등은 놀랍다. 자전거 이용자를 위한 신호등은 일반 자동차 운전자를 위한 신호등보다 1.5초 정도 먼저 켜진다. 자전거 이용자가 신호등을 보고 페달을 밟을 때까지의 시간을 고려한 것이다. 『바이시클 다이어리』

12시 30분쯤 여의도에 도착했다. 올 때는 30분 정도 걸린 셈이다. 몸은 매우 쾌적했다. 대낮의 여의도 공원엔 미끈한 자전거를 탄 라이더들이 지나갔다. 내가 아는 여성 사업가 한 사람이 얼마 전 전화를 걸어와 자랑했다. "드디어 3,000만 원짜리 자전거를 구입했다"고. 자동차들만 횡행하는 거리에서 자전거를 타고 달리며 시달린 나는, 자가용 운전자들에게 이렇게 말하고 싶다.

"어떤 자전거는 당신이 탄 차보다 더 비싸다. 우습게 생각하지 말고 알아서 비켜 다녀라."

사랑한다면 개처럼

*

나카노 히로미, 『강아지 도감』

저를 부드럽게 대해주세요.
더 이상 감사한 것은 없습니다.
자주 말을 걸어주세요.
당신의 발소리가 기다림에 지친 제 귀에 들려오는 순간,
꼬리가 절로 흔들립니다.

—「사랑한다면 개처럼」

시인 노먼 해리스는 개의 충성심을 이렇게 노래했다.

나는 요즘 개, 특히 강아지에 꽂혀 있다. 가축의 존재 이유는 인간의 실질적 이익과 관련이 있다. 저들이 살려면 인간에게 노동을 제공하거나 제 살을 바쳐야 한다. 소는 논밭을 갈고, 말은 달려야 하며, 양은 털을, 돼지는 고기를 내놓아야 한다. 개는? 개는 그냥 가만히 있으면 된

다. 가축이 원하는 것은 단순하다. 먹을 것이다. 양과 소, 말은 풀을 먹으면 만족한다. 돼지는 무엇을 먹든 만족한다.

개는 먹는 것만으로 만족하지 않는다. 아니, 어떤 개는 먹는 것조차 거부한다. 인간의 사랑이 없을 때는. 그들은 오로지 우리의 마음을 원한다. 일찍이 개의 선지자가 마귀에게 시험받을 때 이렇게 답했다. "개는 사료만으로 사는 것이 아니오, 주인님의 말씀과 애정으로 사는 것이니라……."

애완동물, 나아가 반려동물이라 불리는 개와 고양이가 갈라서는 지점이 바로 여기다. 고양이 역시 인간의 사랑을 원한다. 그러나 고양이는 독립심이 강하고 자존심이 센 존재다. 주인의 사랑은 그의 생존에 필수불가결한 것이 아니다. 주인이 아무리 사랑하고 아끼고 귀여워해도 한 번 잘못하면 정을 뗀다. 개는? 한 번 정을 주면 평생을 간다. 혼내고 때려도 돌아서면 잊고 다시 꼬리를 흔든다. 개는 주인의 사랑이 없으면 살지 못하는 피조물이다.

우리의 사랑은 개 같은 것일까, 고양이 같은 것일까? 나는 그를 고양이 같은 태도로 대하면서, 그는 나에게 개 같은 충성을 보여주길 원한다. 고양이과 동물의 자애와 무시를 감내하면서, 오직 나만을 바라보는 발바리이길 혼자만 바란다면 노 프라블럼이다. 하지만 문제는 그도 나와 같은 생각을 한다는 것이다.

얼마 전 〈TV 동물농장〉이란 방송 프로그램을 봤다. 우리나라 최남단 마라도에 사는 어떤 누렁이에 관한 내용이었다. 누렁이는 주인과 함께 마라도에서 행복하게 살았다. 어느 날 주인은 병 치료를 위해 목포로 이사를 갔고, 누렁이는 혼자 남아야 했다(버림받은 것이다). 그때부터 누렁이는 갯바위에 나가 하염없이 주인을 기다렸다. 주인과 함께 바다낚시를 하던 곳이었다. 그렇게 1년이 지났다.

1년 동안 누렁이는 어떻게 살아왔고 뭘 먹고 살았을까? 녀석은 뼈만 앙상하게 남았다. 동네 개들도 누렁이를 보면 짖고 몰아대며 무시했다. (아주머니 한 분은 "이 동네 개들이 눈치가 빨라요. 주인 없으면 막 왕따 시켜." 라고 말한다. 개나 인간이나.) 그러거나 말거나, 누렁이는 갯바위에서 찬바람과 파도를 맞으며 하루 종일 뭔가를 기다린다. 무엇을? 주인을. 주인의 귀환을. 주인의 사랑을!

이 무지막지한 경도를 순진하다 폄하할 수 있을까. 이 단순무미한 집착을 몽매라 치부할 수 있을까. 자신의 수정체를 아예 빼내어 바다 넘어 주인이 있을 법한 곳에 던져버린 듯한 그의 직시를, 어리석다고 할 수 있을까. 한번쯤 나는 개처럼 사랑해보고 싶다.

방송 제작진은 다행히 누렁이를 돌보겠다는 마음씨 좋은 아저씨를 만났다. 그의 집에 녀석을 맡기고 돌아서자 누렁이는 낯선 곳을 두리번거렸다. 다행히 누렁이는 새 주인이 내준 고기죽을 말끔히 비웠다. 새 주인은 "잘 먹네, 얼른 기운차려야지." 라고 했다. 누렁이는 속으로 대답했을 것이다. '고맙습니다. 그런데 지금 내가 밥을 먹는 것은 원래 주인 아저씨를 만날 때까지 건강해야 하기 때문이에요. 그 아저씨가 오면 돌아갈 거니까 너무 서운해 마세요.'

어떤 개는 분명 사람보다 낫다.

개 같은 사랑

어니스트 톰슨 시튼은 『아름답고 슬픈 야생동물 이야기』에서 그가 기르던 개 빙고 이야기를 한다. 시튼은 어린 빙고를 데려와 사냥개로 키웠다. 그러다가 다른 곳으로 떠나게 된 시튼은 성견이 된 빙고를 고든 영감에게 보냈다. 빙고는 자주 숲 속을 쏘다니곤 했다. 녀석이 가장 좋아하는 것은 말고기였는데, 하루는 늑대를 잡기 위해 독을 넣은 말고기를 먹고 말았다.

> 녀석은 마지막까지 자신이 좋아하는 늑대 같은 생활을 버리지 않았다. 얼어 죽어 있는 말들을 한 번도 놓치지 않았던 것이다. 그러다 결국 독을 놓은 말 한 마리를 발견하고는 늑대처럼 허겁지겁 달려들어 먹는 실수를 범했다. 그때 고통을 느낀 녀석이 찾아온 곳은 고든 영감의 오두막이 아니라 내가 사는 오두막이었다. 다음날 집으로 돌아온 나는 현관 문턱에 머리를 둔 채 싸늘하게 죽어있는 녀석을 보았다. 그 문은 녀석이 강아지였을 때 살던 집의 문이었다. 빙고는 마지막까지도 나의 개였다.

픽션이 가미된 아름다운 동물기를 썼던 시튼은 빙고 이야기는 사실이라고 밝힌다. 빙고의 충성을 무색하게 만드는 개들의 이야기는 차고 넘친다. 대표적인 경우가 하치와 바비다.

1. 재패니즈 아키타 종 개 하치는 1923년 11월에 일본 북쪽 아키타

현 오오다테 시에서 태어나 동경대학교 교수인 우에노 박사에게 보내졌다. 우에노 교수는 시부야 역에서 걸어서 5분 정도 되는 곳에서 부인, 딸, 사위와 함께 살았다. 어른 개로 성장한 하치는 우에노 씨가 학교로 출근할 때마다 시부야 역까지 따라갔다가 퇴근할 때쯤 다시 시부야 역으로 마중을 나가곤 했다. 그러던 어느 날, 우에노 교수가 학교에서 쓰러져 갑자기 사망하고 말았다. 하지만 그 사실을 모르는 하치는 우에노 씨가 죽은 다음에도 매일 시부야 역에 나가 주인을 기다렸다. 하치가 버려진 개인줄 알고 잡으려고 하거나 때리는 사람도 있었다. 하치는 시부야 역에서 사람들이 던져 주는 먹이에 의존한 채 무려 12년 동안 주인을 기다렸다. 하치가 죽은 뒤, 사람들은 하치의 뼈를 모아 화장한 뒤 우에노 교수의 무덤 옆에 묻었다.

2. 1850년대 말, 영국 에든버러에 존 그레이라는 야경꾼이 살고 있었다. 존 그레이는 바비라는 스카이 테리어 종 개와 함께 밤거리를 순찰했다. 그러나 2년 뒤, 그레이가 결핵에 걸려 죽고 만다. 그는 에든버러 공동묘지에 묻혔다. 이날부터 바비는 주인의 무덤 근처를 떠나지 않았다.

눈이 오나 비가 오나 주인의 묘를 지키는 바비를 쫓아내기 위해 묘지 관리인은 소리도 지르고 돌도 던지고 막대기로 때리기도 했다. 바비는 도망가는 척 하다 다시 돌아오곤 했다. 묘지 관리인은 바비의 끈기에 두 손을 들고 그레이의 무덤 옆에 바비를 위한 작은 집을 지어주고 먹이를 줬다. 바비는 이후 14년 동안 주인의 무덤을 지키다 1872년 6월 3일에 죽었다.

8년 동안 찍은 강아지 사진

대체로 개는 사람보다 낫다. 알면 알수록 고개를 숙이게 만드는 것이 개의 세계다. 진선출판사에서 나온『강아지 도감』은 세계 강아지 105종의 사진과 설명이 들어 있는 역작이다(사실 모든 도감은 역작이다). 우에키 히로유키와 후쿠다 도요후미가 사진을 찍고 나카노 히로미가 글을 썼다.

두 사진작가는 100여 종의 성견과 강아지 사진을 찍기 위해 무려 8년을 투자한다. "성견만 담은 도감이었다면 시간이 그렇게 오래 걸리지 않았을 것이다. 그러나 강아지는 우선 태어나야 하고, 또 시기를 놓치면 다시 연출할 수 없는 일이고 보니, 다음 기회를 기다릴 수밖에 없었다. 처음 촬영한 강아지들이 벌써 8,9세의 성견이 됐다는 것을 생각하면 빠른 세월을 실감하게 된다. (중략) 사람들은 요즘 세상을 '디지털 세계'라고 하며 무엇이든 속전속결로 해결하려는 듯 보인다. 기술은 진보하는 것이 당연하고, 사람의 욕망도 가속화하는 것을 막을 수야 없지만 그 속도가 너무 급한 것 같다. 편리해진다는 것은 사람의 노력을 줄이는 일이다. 그래서 여러 해를 거쳐서 쌓은 전문적인 기술마저도 간단한 PC 조작만으로 손쉽게 목적을 달성할 수 있는 세상을 사람들은 꿈꾼다."

우에키 히로유키, 후쿠다 도요후미 사마에게 경의를!『강아지 도감』한 권을 만들기 위해서 8년을 투자한 사람들이 있다. 이들은 "인터넷을 통해 어떤 것을 알아냈다고 해도 그것을 활용하려면 결국 프린트를 해서 종이에 남길 수밖에 없다. 이렇게 할 수 밖에 없다는 사실은, 즉 책의 유용함을 우리에게 다시금 일깨워주는 일이라 하겠다"고 말한다. 나는 감히 말한다. 한류劉流가 있기 전에 일류日流가 있었다.

이 도감은 애견을 기르는 모든 사람의 서가에 꽂혀 있어야 한다. 만든 분들의 노고 때문만은 아니다. 강아지들은 정말이지 너무 귀엽다. 13쪽을 보면 태어난 지 27일 된 비어디드 콜리 아홉 마리의 사진이 있다. 이 사진을 보고 "아이고~" 라는 탄성이 나오지 않는다면, 당신은 사람이 아니다.

책에는 우리가 잘 알지 못하는 개에 대한 지식이 담겨 있다. 이를 테면, 닥스훈트 같은 개가 다리가 그토록 짧은 이유 같은 것이다. 더구나 닥스훈트가 사냥개라고? 아니 그 짧은 다리로 어떻게 사냥을 한다는 것인가? 닥스훈트의 어원을 보면 의문이 풀린다. 닥스는 '오소리' 훈트는 '사냥개'라는 뜻이다. 오소리나 토끼처럼 굴 속에 사는 짐승을 따라가 잡기 위해 닥스훈트는 오랜 세월을 거쳐 다리가 짧은 쪽으로 진화한 것이다.

개는 오직 인간이 소유할 때만 자유롭다고 한다(개한테 직접 들은 소리다. 뭐? 개소리라고? 글쎄 개가 한 소리 맞다니깐). 개의 입장에서 쓴 소설인 앤드루 오헤이건의 『강아지 매프와 그의 친구 마릴린 먼로의 삶과 의견들』에는 이런 구절이 있다. "누군가에게 소유된다는 것이 곧 개에게는 해방을 의미한다."(봐라. 개소리 맞지.)

그러므로 개는 인간의 필요를 위해서라면 다리가 짧아지는 것은 물론이고 털 색깔을 바꾸거나 골격을 바꾸는 것도 마다하지 않는다. 심지어는 성격도 바꾼다. 불독은 원래 소와 싸우는 개였다. 13세기 영국에서는 황소와 개끼리 싸움을 붙이고 구경하는 풍습이 있었다. 이때의 싸움 개가 불독이었다. 그래서 성격이 호전적이고 사나웠는데, 황소-개 싸움이 없어지면서 불독은 존재 가치가 없어졌다. 못생긴 개를 선호하는 비범한(!) 취미를 가진 사람들이 불독을 애완견으로 기르기 시작하면서, 불독은 재빨리 상황을 눈치채고 온순하고 애교 넘치는 쪽으로 자신의 성격을 바꾼다. 혹은, 사료를 얻기 위해 본성을 숨기고 있는지도 모를 일이다.

특이한 개에 대한 소개도 나와 있다. 짖지 않는 개로 유명한 아프리카산 바센지. 이 개는 몸에서 냄새가 나지 않고 무척 깔끔한데, 특이하게도 다른 개의 똥을 절대 먹지 않는 것(!)으로 유명하다.

인간 같은 놈들

나는『강아지 도감』을 보고 나서 애견 거리 충무로에 갔다. 강아지 한 마리를 입양할까 하는 마음 때문이었다. 어? 이럴 수가. 그 많던 애견 센터는 다 어디로 간 것일까? 4,5년 전만 해도 꽤 많았는데. 겨우 대여섯 곳만 보일 뿐이다.

K애견숍으로 들어갔다. 주인 아저씨는 생후 2개월 된 말티즈와 푸들을 꺼내 내 앞에 놓는다. 흰색 말티즈는 벌써 짖는 소리가 우렁차다. 푸들은 갈색 털이 곱고 얌전하다. 말티즈는 왠지 방정맞다. 같은 테이블 위에 있는 푸들의 목덜미를 무는 시늉을 하지 않나, 제 주인이 될지도 모르는 나를 보고 짖어대질 않나. 바보 같은 녀석.

갈색 푸들은 깊고 검고 무구한 눈동자로 나를 쳐다보면서 내 엄지손가락을 핥는다. '저를 택해주시면 평생 주인님만 바라보고 살게요'라고 말하는 듯이. 나는 벌써 이 녀석과 사랑에 빠졌다.

"개인적으로 저는 푸들을 권합니다. 푸들은 유일하게 털이 빠지지 않는 종이지요. 그리고 세상에서 두 번째로 똑똑한 견종이에요."

나는 "그럼 제일 똑똑한 종은 뭐예요?"라고 물었다. 주인아저씨는 나를 빤히 쳐다보더니 말했다. "말티즈는 아닌 게 확실해요." 나는 동의했다.

"애견은 길러 보셨나요?"

"아니요."

"애견의 한 가지 단점은 금방 나이 들고 금방 늙는다는 겁니다."

그렇다. 개들은 생후 석 달이 지나면 강아지 티를 벗는다. 1년이 지나면 인간 나이로 열여덟이다. 그후 13~14년 동안은…… 개의 모습을 한 능구렁이 한 마리를 길러야 한다고 보는 것이 옳다. 개들은 '사람'보다 더 빨리 시들고 '사랑'보다 더 급히 변한다. 그러므로 사랑을 잃은 우리의 마음을 개로 보상받겠다는 생각은 접는 게 옳다.

"충무로는 애견 거리 아니었나요?"

"옛말이죠……. (옆의 청년을 가리키며) 저 친구도 애견숍 사장이었는데 문 닫고 나랑 합쳤어요. 주상복합 들어서고 재개발하고 그러느라 임대료도 많이 올랐고요."

"3년 전에 왔을 때도 이렇게 썰렁하진 않았는데."

"매스컴 맞아서('매스컴 탔다'는 말을 이렇게 표현했다) 문 닫은 데도 많아요. 요즘엔 인터넷이 발달해서 강아지를 사갔는데 금방 죽었다며 글을 올리는데 상호도 올리고 사진도 올려요. 동영상도 올리고. 얼마 있다 무슨 신문이나 방송에서 소비자 고발 들어오고, 그럼 문 닫아야 해요. 장사를 할 수가 없어요."

그는 최선을 다해 건강한 강아지들을 분양한다고 말했다. 분양한 다음에도 애프터 서비스를 철저히 하는 것을 원칙으로 한다고. 그러나 그렇게 해도 강아지가 병들거나 죽으면 어쩔 수 없다는 것이다. 불상사를 방지하기 위해 노력하지만 자신들도 먹고살아야 한다고 울상을 지었다.

"우린 생계가 달린 문젠데, 아무 생각 없이 글 올리고 고발하고 그러면 정말 곤란해요. 에이, 인간 같은 놈들."

"그건 무슨 말씀이신지?"

"우린 절대 '개 같은 놈들'이라고 욕 안 해요. '인간 같은 놈들' 이라고 욕하지."

그는 분명히 모든 개가 사람보다 낫다고 여기는 것 같았다.

3.
다가갈 수 없는 것에 매혹되다

시공간은 곧 우주로 변하였지만
그 가없는 세계에는 단 한 대의 피아노와
단 한명의 연주자가 존재하고
있을 뿐이었다. 차라리 날 죽여다오!

피아노가 몸이었던 사람들

*

엘리제 마흐, 『나의 삶, 나의 음악』

정녕 한 곡의 음악은 그 무엇으로도 대체되지 않는다. 피아노 음악 초보 애호자인 나는, 모차르트의 피아노 소나타 F 장조 작품 332번 2악장 아다지오를, 일본 출신 피아니스트 미치코 우치다의 연주로 듣고 있다. 느낌은? 과장을 보태지 않고 말하건대,

"얘들아! 내 장례식에는 이 곡을 BGM으로 깔아라."

클래식은 위대하다. 여전히 바흐, 베토벤, 모차르트 수준인 내 감식안으로는 쉽게 다른 작곡가들의 음악을 접하지 못한다. 글렌 굴드의 바흐, 에밀 길렐스의 베토벤, 우치다의 모차르트만으로도 벅차다. 클래식 애호가들이 들으면 코웃음을 칠 일이지만, 나는 이들의 음반을 듣고 또 듣는다. 몇 년째 이러고 있다. 그런데 질리지 않는다. 반복은 권태로 귀결되는 것이 세상사의 이치거늘. 천하의 미인도 매일 만나면 지겹고(만

나는 봤냐?) 근육질의 훈남도 만날 보면 지치는 것을, 어찌하여 너희들은 보고 또 보고 듣고 또 들어도 도무지 피로하지 않더란 말이냐. 알려다오. 클래식, 네가 가진 홀림의 비결을.

위대한 피아니스트 이야기

피아노는 위대하다. 단일 품종, 단일 혈통, 단일 연주의 전통을 가진 이 악기는 모든 악기의 제왕이다. 어느 해 겨울, 중국의 피아니스트 윤디 리가 와서 공연을 했을 때였다. 메인 레퍼토리는 무소르그스키의 〈전람회의 그림〉이었다. 나는 고양 아람누리 객석에 앉아 공연이 시작되길 기다리고 있었다. 윤디 리가 들어왔고 인사를 했고 피아노 의자에 앉았다. 그가 의자에 앉아 연주를 시작하기 직전의 몇 초간, 무대와 객석에는 멸망 같은 침묵이 흘렀다. 내 의지는 긴장의 외줄에서 멈칫했다. 몸에서 빠져 나간 내 자아는 윤디 리의 정수리 위 10미터에서 직부감으로 그와 피아노와 나머지 시공간을 내려다봤다. 시공간은 곧 우주로 변했지만 그 가없는 세계에는 단 한 대의 피아노와 단 한 명의 연주자가 존재할 뿐이었다. 차라리 날 죽여다오!

그날 나는 느꼈다. 수많은 사람들을 한순간에 이토록 매몰차게 냉동시키는 데 이보다 더 단순한 조합은 있을 수 없다는 것을. 수백의 눈동자와 수천의 귀와 수만의 감각들이 오로지 한 사람의 손끝에 의지한 채 정적을 보태고 있는 그 순간은 환상일 수밖에 없다는 것을. 우리가 우직하기 짝이 없는 공연을 위해 기꺼이 몇 시간을 희생하는 까닭은 판타

지를 만들어내는 다른 차원의 나라로 순간이동하고 싶어서라는 것을.

피아니스트는 위대하다. 어느 해인가 베토벤 피아노 소나타 전곡을 연주하는 백건우의 연주를 들으러 예술의전당 콘서트홀에 간 적이 있다. 그곳에서 공연 팸플릿을 받아 들었다. 소개의 글을 넘기던 나는 한 장의 사진을 보고 깊은 감동을 받았다. 백건우가 베토벤이 살았던 독일 바덴의 집을 방문해서 베토벤이 생전에 치던 피아노와 그 위의 육필 악보를 지긋이 바라보는 모습의 사진이었다. 음악의 성인은 자신을 연주하려는 피아니스트에게 무슨 말을 건넸을까? 21세기의 연주자는 300년 전 쓰인 거인의 악보에서 무엇을 읽었을까? 무릇 한 작곡가의 음악을 연주하려는 사람은 저런 자세와 눈빛을 가져야 하는 것 아닐까?

백건우는 10년 넘게 베토벤에 천착했다. 어떻게? 그는 전곡 연주회를 하기 전 국내외 연주 일정 가운데 상당 부분을 베토벤 소나타로 채웠다. 베토벤 소나타 연주곡집을 차례로 녹음하고 발매했다. 그리고 베토벤의 유적(독일, 오스트리아) 을 방문했다. 베토벤이 유서를 쓴 하일리겐슈타트의 집, 베토벤의 흔적이 있는 테아트로 안 데어빈, 파스콸리티의 집, 에로이카 하우스, 하머클라비어를 작곡한 집, 베토벤의 무덤, 산책로, 그의 작품이 많이 초연된 빈wien 극장 등을.

"베토벤이 산책했던 빈의 숲 속을 걸어보면서 대화를 나눌 상대가 없어 나무와 대화를 나누고 위로를 받아야 했던 그의 지독한 고독이 느껴졌어요. 음악인은 항상 새로운 체험이 필요합니다. 제가 연주 생활을 수십 년 해 왔지만 이렇게 한 세계에 집중해본 것은 처음인 것 같아요."

백건우가 〈동아일보〉 문화부 기자 전승훈과 인터뷰하면서 한 말이다. 나는 백건우의 말을 듣고 스스로를 돌아봤다. 나는 내가 쓰고자 하는 것에 얼마나 파고드는가, 내가 만들고자 하는 책에 얼마나 집중하는가, 내가 하고자 하는 일에 얼마나 책임을 지는가. 아직 멀고도 멀었다. 대가들을 따라가려면.

엘리제 마흐가 지은 『나의 삶, 나의 음악』은 클라우디오 아라우, 블라디미르 아슈케나지, 알프레트 브렌델, 글렌 굴드, 블라디미르 호로비츠 등 그야말로 위대하고도 위대한 피아니스트들을 인터뷰하고, 그들이 직접 쓴 글을 엮은 책이다. 얼마나 위대하냐고? 지금 피아노를 배우는 학생들이 일등병이라면 위에 거론된 사람들은 맥아더 원수다. 이 책은 나에게 피아노와 피아니스트에 관해 새로운 이해의 지평을 선사해줬다.

오르그 솔티는 서문에서 "콘서트 피아니스트의 본질에 대하여 정의를 내리는 것은 바람을 잡으려고 노력하는 것과 같다. 몇몇 연주가들이 음악 가정에서 태어난 것은 사실이지만, 남에게 자랑할 정도의 뛰어난 피아노 실력을 가진 부모나 조부모를 둔 피아니스트는 거의 없다. 실제로 많은 피아니스트들은 자신의 음악 경력을 쌓아가는 데 있어서 가족의 반대를 극복한 것이 사실이다. 몇몇 연주가들은 그들이 걸음을 걸을 정도의 나이에 음악 취향을 보이기 시작했지만, 또 다른 부류는 어느 정도는 육체적으로 성숙해가면서 음악 능력이 계발되기도 한다."라고 했다.

스페인 출신 여류 피아니스트 알리시아 데 라로차의 첫 번째 장난감은 이모의 피아노였다. 한 살 때부터 심하게 피아노를 두드리는 바람에 그녀의 이모는 피아노에 자물쇠를 채워야 했다. 화가 난 알리시아는 피가 날 때까지 머리를 마룻바닥에 짓이기며 피아노 뚜껑을 열어달라고 떼를 썼다. (필자도 세 살 무렵 책을 읽게 해달라고 떼를 쓰며 어머니가 건네준 이유식 그릇을 엎었다는 이야기를 들었다. 누구한테? 당신의 아들이 천재라고 생각하는 우리 어머니한테…….)

슈베르트 해석에 뛰어난 알프레트 브렌델(보통 알프레드 브렌델이라고 표기하는데 이 책에선 알프레트라고 썼다—필자 주)은 다른 연주자와는 달리 열여덟 살이 되어서야 피아니스트를 직업으로 삼겠다고 결심한다. 그는 "나는 신동이 아니었다. 그러나 열여섯 살이 지난 뒤부터는 선생님 없이 혼자서 피아노를 공부했다. 고작해야 몇몇 마스터 클래스를 수강하는 것이 전부였다"고 말한다.

호로비츠도 '작품을 연주하려면 그 곡을 작곡한 사람에 대해 깊이 연구해야 한다'는 백건우의 생각에 동의하는 것 같다. 그는 이렇게 말한다.

> 내게 자신의 연주를 들려주러 왔던 한 젊은 예술가가 생각난다. 그는 라흐마니노프의 〈파가니니 변주곡〉을 준비하여 내게 자신의 연주를 들어줄 것을 청했다. (중략) 연주를 끝내자 나는 그에게 라흐마니노프의 삶을 다룬 책을 읽어본 적이 있는가 물어보았다. 그는 그렇지 않다고 대답했다. 어처구니없는 일이었지만 그는 라흐마니노프나 파가니니에 대해서는 정말 아무것도 알지 못하고 있었던 것이다. 여러 명

> 문대학교에서 학위를 받았건만, 이 젊은이는 그 시대의 문학에 대해서도 전혀 알지 못하고 있었다. 오늘날의 많은 피아니스트들처럼 그 역시 피아노 건반을 타악기처럼 강하게 두드리면서 연주하는 경향을 보이고 있었다. (중략) 내가 참석한 연주회에서 누군가가 그런 식으로 연주를 한다면, 내게는 두 가지 선택밖에는 없다. 하나는 집에 가거나 다른 하나는 잠을 자거나 하는 것이다.

뉴잉글랜드 음악원 교수인 러셀 셔먼은 그의 책 『피아노 이야기』에서 이렇게 말한다.

> 피아니스트보다 신비주의자가 더 영적이고, 10종 경기 챔피언이 더 강건하고, 수학자가 더 천재적이고, 어머니가 더 다정하다. 물론 작곡가이거나 신비주의자이거나 수학자이거나 어머니인 피아니스트들도 있다. 그렇지만 이 모든 면을 다 가지고 있는 피아니스트는 없다. 그러나 피아니스트가 천직이라면 이 모든 측면에 뛰어난 재능이 있어야 한다. 더 나아가 배우의 면모도 지녀야 하며 예언자의 정열도 갖추어야 한다.

러셀 셔먼은 위의 정의에 경악했을 모든 피아니스트에게 마지막 카운터펀치를 날린다. “피아노를 아는 것은 우주를 아는 것이다. 피아노를 마스터하려면 우주를 마스터해야 한다.”

러셀 셔먼의 피아노 교습은 독특하다. 과학 잡지와 문학 칼럼을 읽고

20개의 단어를 외우게 하는 것이다. 강습을 할 때는 그 단어를 넣어서 즉석 문장을 만들게 한다. "(음악적) 상상력의 부족은 그가 아는 어휘의 부족 때문"이라는 게 그의 지론이기 때문이다. 그러므로 음악가도 책을 많이 읽어야 한단다. 러셀 셔먼은 진정한 음악가가 되기 위한 덕목을 '끊임없는 호기심과 관찰'이라고 갈파했다.

꿈꾸는 자는 위대하다

『나의 삶, 나의 음악』에서 솔티 경은 "폴란드의 피아니스트이자 정치가였던 이그나치 얀 파데레프스키는 다음과 같이 말한 것으로 유명하다. '내가 하루를 연습하지 않으면 내가 그것을 알고, 이틀을 연습하지 않는다면 비평가가 그것을 알며, 사흘을 연습하지 않는다면 청중이 그것을 안다.'"고 했다.

책을 읽고 글을 쓴다는 나는? 사나흘쯤 책을 펼치지 않기가 다반사요, 1~2주쯤 자판을 두드리지 않기가 일쑤다. 피아니스트가 되지 않은 것이 다행이다.

이 책을 읽고 나는 서울 서초구에 있는 음악영재교육기관을 방문했다. 이곳에서 만난 초등학교 5학년 민지희 군에게 물었다.

"하루에 몇 시간이나 연습하니?"

"학교 다닐 때는 4시간, 방학이나 공휴일, 콩쿠르를 앞두고는 6시간 정도 해요. 하지만 연습량은 중요하지 않아요. 얼마나 집중하는가가 중요하지.”

조숙하다. 노는 날 피아노 연습을 6시간이나 한다고? 나는 일요일에 몇 시간이나 글을 쓰는가…… 갑자기 창피해졌다.

“아, 그렇구나. 하하. 내가 잘 몰라서. 음악을 좋아하니?”

“음악이 싫으면 피아노를 치지 않겠죠.”

“아하. 그것도 그러네. 그럼 피아니스트가 될 거니?”

“네. 피아니스트가 되고 싶어요.”

“왜?”

“늘 새로운 곡을 칠 수 있으니까요. 해도 해도 끝이 없어요. 하지만 도전하는 게 좋아요.”

“힘들지 않니?”

“힘들지만 보람이 있어요. 너무 쉬운 곡은 금방 칠 수 있잖아요. ‘처음엔 이걸 어떻게 치지’ 하는 곡도 하루하루 아주 조금씩 마스터하니까…… 그런 게 좋은 거죠.”

“요즘은 어떤 곡을 치고 있니?”

“하이든의 피아노 소나타 C장조 작품 60번 호브 16의 50을 치고 있어요.”

나는 호로비츠와 러셀 셔먼의 글귀가 떠올랐다. 녀석에게 골탕을 먹이고 싶었다.

“그렇구나. 하이든에 대한 책을 읽어본 적이 있니?”

“하이든은 1732년에 태어나서 1809년에 죽었대요. 어머니가 사다 놓은 책 중에 음악가의 전기가 있는데 하이든 편도 있어요. 그걸 읽었어요."

"(한 방 먹었다.) 하하. 그렇구나. 넌 참 똑똑하다. 늘 뭐든지 완벽하게 하는 성격인가 보지?"

"러셀 셔먼이 그랬거든요. '완벽함은 예술의 출발점일 뿐'이라고."

"……."

세상의 모든 피아니스트 지망생은 위대하다.

소리에 미치다

*

윤광준, 『소리의 황홀』

나는 왜 글을 쓰는가. 이 문제를 놓고 고민하던 나는 며칠 전, 『공공의 적들』을 읽다 해답을 찾았다. 프랑스의 철학자이자 작가인 베르나르 앙리 레비가 후배 작가인 미셸 우엘벡에게 보내는 편지의 한 대목이다.

> 내가 기억하는 한, 어쨌든 청소년 시절 이후로 기억하는 한, 인생에 있어서 해볼 만한 가치가 있는 행동은 딱 두 개였습니다. 세 개도, 네 개도 아니고, 딱 두 개 말입니다. 하나는 '사랑'입니다. 엄밀한 의미에서의 사랑, 여자를 사랑한다는 의미에서의 사랑을 말합니다. 또 하나는 '글쓰기'입니다. 언어를 다루는 작업대에서 언어를 반죽하고, 그것에 형식을 부여하고, 작은 기호들의 기둥들을 세우면서 수많은 밤을 지새우고, 낮을 보내고, 또 많은 밤을 지새우는 것을 말하죠.
>
> 이 두 가지 열정이 잘 어울린다는 것은 전혀 놀라운 일이 아닙니다.

> 왜냐하면 그것들은 결국 같은 것이니까요. 같은 종류의 에너지, 같은 종류의 충동, 같은 종류의 강압, 억제되었다가 한꺼번에 해소되는 같은 종류의 힘을 필요로 합니다. 또한 같은 종류의 관능과 고통의 결합, 갑작스러움과 참을성의 결합, 같은 종류의 암중모색과 분명함의 결합이 필요합니다.
>
> 당신은 왜 글을 씁니까? 하루 종일 사랑을 할 수 없기 때문입니다. 당신은 왜 사랑을 합니까? 온종일 글을 쓸 수 없기 때문입니다.

'왜 쓰는가'에 대한 대답을 이보다 더 멋지게 한 사람을 나는 알지 못한다. 그랬다. 나는 하루 종일 사랑을 할 수 없다. 그러므로 남는 시간에 글을 쓴다. 사자는 발정기 때 3~4일 동안 20분 간격으로 사랑을 나눈다. 밤낮을 가리지 않고 무려 200여 회나 짝짓기를 한다. 그래서 사자는 글을 쓰지 않는다. 하루 종일 사랑을 할 수 있으니까.

내가 아는 한, 베르나르 앙리 레비(이름도 멋지지! 생긴 건 알랭 들롱 뺨친다. 글도 잘 쓴다. 아, 세상에 이런 피조물도 있는가!)가 말한 마지막 두 문장은 진리다. 더불어 글이란 단어 대신 다른 단어도 허용된다.

당신은 왜 일을 합니까? 하루 종일 사랑을 할 수 없기 때문입니다. 당신은 왜 사랑을 합니까? 온종일 일을 할 수 없기 때문입니다. (감이 확 떨어진다.)

당신은 왜 술을 마십니까? 하루 종일 사랑을 할 수 없기 때문입니다. 당신은 왜 사랑을 합니까? 온종일 술을 마실 수 없기 때문입니다. (내 후배 K양은 이렇게 주장할 만하다, 술고래다.)

당신은 왜 오디오를 합니까? 하루 종일 사랑을 할 수 없기 때문입니다. 당신은 왜 사랑을 합니까? 온종일 오디오를 할 수 없기 때문입니다. (오늘의 주제다.)

오디오는 하는 것이다

오디오를 취미로 갖고 있는 사람들을 '오디오파일Audiophile'이라 부른다. 이들은 오디오를 '듣는다'고 하지 않고 오디오를 '한다'고 말한다. 이 심오한 오디오의 세계. 오디오파일들은 오디오에 빠져 산다. 음악을 듣기 위해 오디오를 하는 사람도 있지만, 오디오를 하기 위해 음악을 듣는 사람도 있다. 처음 산 오디오가 마음에 들지 않아 계속 업그레이드하는 오디오파일도 있다. 오디오파일의 욕심은 끝이 없다. 미세한 음의 차이를 위해 몇 백만 원짜리 진공관을 교체하거나 멀쩡한 케이블을 까내는 사람도 있다. 도대체 오디오가 뭐기에!

사진작가이자 오디오 칼럼리스트 윤광준은 10년 전에 『소리의 황홀』이란 책을 썼다. 아쉽게도 이 책은 절판되었다. 어렵게 구해 읽은 이 책은 그러나 훌륭했다. 책에 윤대녕 작가는 이렇게 썼다.

> 나는 그가 쓴 글을 오디오 편력기로 읽지 않았다. 그보다는 한 사내의 반생이 읽혀졌다. 생은 소멸되어 가는 과정이고 그래서 우리는 자신을 몰두해 소멸시킬 수 있는 대상을 찾는다. 그것이 그에게는 운명

적으로 오디오의 세계였던 것이다.

윤광준은 대학 1학년 때인 1977년 조악한 전축 세트를 들여놓으면서 오디오와 사랑에 빠진다. 첫 번째 조립 전축의 소리에 실망을 느낀 그는, 이후 끝도 없고 밑도 없는 오디오의 바다에 투신한다. 내 주변에도 윤광준만큼은 아니지만, 오디오파일이 몇 있다. 그들을 보면 차라리 여자랑 바람나는 게 더 낫지 않나 싶을 정도다. 그들은 오디오와 바람이 나서 생을 망친다. 아니, 그들 입장에서 보면 생을 빛낸다.

'절실하게 필요할 땐 가질 수 없고, 가질 수 있을 땐 그 필요가 절실해지지 않는' 쌍곡선의 비애가 바로 삶인 것을 그땐 몰랐다. '인간에게 유보시킬 행복은 없다'라는 걸 진작 알았어야 했다. 오디오의 열정은 어떠한 희생을 감수하더라도 지금 당장 충족시키고자 할 때 힘을 갖는다. 바로 이 순간이 아니면 아무런 소용이 없는 변덕스러운 감성을 어떻게 지속시킨단 말인가. 지금 당장 재즈 피아니스트 키스 자렛의 즉흥 연주에서 영감을 빌려야 하고 여성 록 그룹 레인코트의 기괴한 화음을 따라 불러야 한다. 데이빗 머레이의 울부짖는 듯한 색소폰 소리로 실연의 상처를 어루만지고 바흐가 안겨주는 무반주 첼로 조곡의 위대함으로 나를 순화시켜야 한다.

나는 청년 시절 무슨 수를 써서라도 하츠필드(스피커 브랜드 중 하나—필자 주)를 사는 것이 옳았다. 그로 인해 자칫 3년을 굶더라도 하츠필드가 주는 위안과 가치를 직접 느꼈어야 했다. 이것을 아는 데 십 수

> 년이란 세월은 너무 가혹했고 조각난 열정의 파편을 추스릴 수 없음을 이젠 안다. 나는 오디오를 통해 인생을 배웠다.

오디오를 통해 인생을 배웠다는데, 무슨 할 말이 더 필요하랴. 이 책에서 윤광준은 자신의 절친 김갑수에 대해 "오디오 편력이 20년이 넘고, 세상의 좋다는 오디오는 거의 써본 사람"이라고 말한다. 나는 이 김갑수가 가끔 자문을 구한다는 오디오파일 C선생을 찾아갔다. 분당의 한 오피스텔로 그를 만나러 갔을 때 C선생은 케이블을 정리하고 있었다.

"오디오 들으러 왔으니, 소리가 나나 봐야지……."

C선생은 사무실 천장을 뜯어내고 선반을 만들어 십 수 종의 빈티지 스피커를 진열해놓고 있었다. 그는 무거운 나무로 된 오디오 선반 한쪽을 들고 내게 말했다.

"다른 쪽 좀 들어줘요. 손님 불러놓고 일 시켜서 미안."

나는 오디오 랙을 들어 옮겼다. 그는 이리저리 케이블을 키워 넣었다.

"나도 오디오 들은 지 오래됐어. 이젠 헤어진 옛 연인이지……."

오디오와 사랑을 나누다

남성 오디오파일들은 대개 오디오를 여자에 비유한다. 황준은 『어느날, 내가 오디오에 미쳤습니다』에서 현대적인 소리를 내는 오디오는 '쭉쭉

빵빵 미인', 오래된 빈티지 오디오들은 '차분하고 질리지 않고 정감 가는 여인', 중간 대역의 소리가 충실한 오디오를 '아담하고 귀여운 여인'에 비유한다. 자기가 직접 조립한 오디오 소리가 제일 좋다고 하는 것은 '세상에서 자기 딸이 가장 예쁘다고 우기는' 꼴이라나.

C선생은 "아직도 오디오 업그레이드하는 사람들은, 여전히 사랑에 빠져 있는 거야"라고 말했다. 그는 오랜만에 다시 만난 연인을 천천히 애무했다. 얼굴을 쓰다듬고, 어깨를 주무르고, 입술에 키스했다. 전희는 무려 30분이나 지속됐다. C선생은 투덜거렸다. "이거 왜 이렇게 안 들어가지?" 그는 발기되지 않는 자신의 그것을 겨우 세워 여인의 샘에 밀어 넣었다(잘 들어가지 않는 케이블 플러그를 파워 앰프 잭에 넣었다). 여인의 볼이 달아올랐다(앰프에 불이 들어왔다). 남자는 조심스레 여자의 성감대를 찾았다(턴테이블에 LP를 올려놓았다). 남자는 피스톤 운동을 시작했다(턴테이블이 돌기 시작했다). 여자는 신음을 내기 시작했다(스피커에서 소리가 났다).

"이제야 소리가 나네. 어, 그런데 잠깐……."

C선생은 땀을 훔치며 앰프의 볼륨을 조절했다. 한쪽 스피커에서 소리가 나지 않는다는 것이었다. 남자는 다시 여자를 위해 애써야 했다. 헤어져 있던 시간만큼이나 재결합은 더디게 이뤄졌다. 10분 동안 자신이 아는 모든 테크닉을 구사한 끝에, 남자는 외쳤다.

"오케이!"

스피커는 양쪽 모두에서 소리를 냈다. 탄노이 모니터 블랙 시리즈다. 턴테이블은 제랄드 모델 301, 파워 앰프는 ED 앰프라고 했는데, 진공관이 있는 텔레푼켄이란 앰프가 또 있었다. 그 안의 진공관을 보여주며 "하나에 500만 원짜리"라고 했다. 프리앰프는 피셔 그리고 ALLNIC이라고 쓰여 있는 것을 뭐라고 설명했는데 뭔지 모르겠다.

스피커에선 하이든의 현악 사중주가 흘러나왔다. 좋았다.

"좋은데요?"

"괜찮은가요?"

"네."(사실 잘 모르면서 좋다고 한 것이다.)

"그래, 묻고 싶은 것이?"

"언제부터 오디오를 하셨나요?"

"고등학교 2학년 때부터 청계천을 돌아다녔으니까, 한 40년 됐나……"

"죄송한 질문입니다만, 오디오에 얼마나 쏟아부으셨나요?"

"음…… 그 친구보단 많을 걸?"

C선생이 말하는 그 친구는 오디오에 10억쯤 털어 넣었다고 한다. 그럼, 그는 10억 이상 썼다는 이야기다. 그가 물었다.

"왜, 오디오 하시려고?"

"그냥 관심이 좀 있어서요."

"하지 마셔. 오디오는 한번 발 들여놓으면 끝까지 가야 해."

그는 자신이 잘 아는 선배 이야기를 해줬다. 그의 이름을 오도팔(오디오파일의 한글식 이름)이라고 하자. 오도팔은 방직공장을 하던 선친으로부터 막대한 재산과 땅을 물려받았다. 지금 돈으로 치면 한 100억 원쯤 된단다. 그는 변변한 직업도 없이 취미 생활을 하며 생을 보낸 사람이었다. 술도 마시고, 계집질도 하고, 경마도 했다. 그래도 재산은 충분히 남아 있었다. 그가 마지막으로 정착한 곳은 오디오의 세계. 오디오에 미친 그는 끝도 없이 오디오를 갈아 치웠다. 빈티지와 하이엔드를 가리지 않고 오디오 업그레이드에 매달렸고 죽었을 때 빈털터리였다.

"오디오란 게 그렇게 무서운 거유. 아버님이 유산으로 한 100억쯤 남겼으면 할 만하지. 안 그러면 어려워."

다행이다. 일단 내 미래의 취미 생활에서 하나는 삭제되는 셈이니까. C선생은 아일랜드 민요, 기타 연주, 폴리니의 쇼팽 에튀드를 차례로 들려줬다.

"오래된 기기들 같네요. 빈티지를 좋아하시나 봐요."

"오른쪽에 있는 건 최신 기기들이에요. 가끔 DVD 볼 때 쓰는데, 소리가 더러워."

"소리가 더럽다는 건?"

"똥 같은 소리가 난다는 거지."

"……" (과연 똥 같은 소리는 어떤 걸까?)

나는 1992년에, 강릉에 있는 참소리박물관에 간 적이 있다. 박물관장은 나를 거대한 오디오 시스템 앞으로 안내했다. 스피커의 크기가 대문짝만 했다. 스피커의 황제라 할 수 있는 탄노이 오토그래프였다. 박물관장은 LP 한 장을 올려놨다. 잉글버트 험퍼딩크의 〈Love letters on the sand〉 꽈광! 이때 들었던 음들을 나는 잊지 못한다. 내가 느꼈던 최초의 청각 세례였다. 이후 어디에서도 그때의 충격을 다시 맛보지 못했다. 내가 앞으로 혹시라도 오디오를 한다면(물론 유산을 100억씩이나 물려받지는 못하겠지만, 중저가 오디오로도 얼마든지 취미 생활을 할 수 있다), 1992년 강릉 참소리박물관에서 들었던 탄노이 스피커 때문이리라.

좋은 것들만 있을 때는 결코 그것이 좋은 것인지 알지 못한다. 사랑할 땐 사랑을 모르고, 이별할 때는 이별을 모른다. 그게 우리의 비극이다. 최고급 빈티지 오디오를 통해 하이든과 쇼팽을 세 시간이나 들은 나는, 솔직히 말해서 그 소리들이 그렇게 좋은지 몰랐다. C선생에게 고맙다는 인사를 하고 차에 올랐다. CD 플레이어에는 내가 애청하는 베토벤 피아노 소나타가 꽂혀 있었다. 나는 오디오를 켰다. 다음 순간, 나도 모르게 혼잣말을 했다.

"우이씨. 소리가 완전 똥이네!"

오디오와 여자는, 결코 다운그레이드 되지 않는다. 그게 세상의 모든 오디오파일이 더 좋은 소리를 향해 가는 이유다.

와인은 알 수 있는 것이 아니다

*

김준철, 『와인』

내가 와인을 처음 알게 된 것은 1990년대 초반이었다. 그때 나는 대학을 졸업하고 빈둥거리고 있었다. 하루는 여자 선배네 집에 놀러갔다. 그녀는 직장을 다니다 말고 '배낭여행이나 할까' 하며 나처럼 빈둥거리고 있었다.

초여름의 상큼한 날이었다. 오전 11시, 선배는 레드 제플린의 〈Stairway to heaven〉을 턴테이블에 올렸다. 볼륨을 높이더니 냉장고에서 시아시된('시원하게 만든'이란 뜻의 속어. 이 표현이 딱 맞아 기어코 쓴다.) 화이트 와인 한 병을 꺼냈다.

그녀는 내 잔과 자기 잔에 와인을 따랐다. 오이 같기도 하고 멜론 같기도 하고 그녀의 겨드랑이에서 나는 땀 냄새 같기도 한 향기가 코를 찔렀다. 맛은…… 청정하고 시큼하고 화사했다.

"소비뇽 블랑이야."

"좋네요."

나는 그게 와인 이름인줄 알았다. 나중에야 포도 품종이란 사실을 알았지만. 레드 제플린이 천국으로 가는 계단을 열 번쯤 오르내렸을 때, 선배는 그 비싸다는 소비뇽 블랑을 네 병 째 따고 있었다.

소파에서 깜빡 잠이 들었나 보다. 깨어 보니 밖은 이미 어두워지고 있었다. 그녀는 젖은 머리를 털며 욕실에서 나왔다. 나는 겸연쩍어 하며 말했다.

"가야겠어요."

"간다고?"

"네."

"한 잔 더하지?"

"아뇨. 너무 많이 마신 듯……."

선배는 아쉬워하며 나를 보냈다. 그녀는 그 다음 주에 배낭여행을 떠나더니 아예 이탈리아에 눌러 살았다. 오랜 시간이 지나 그녀는 내게 편지를 보냈다.

"그때…… 소파에서 자고 있는 너에게 입 맞추고 싶었는데…… 네가 싫어할까 봐서……"

아…… 선배! 그런 건 그냥 하는 겁니다. 나도 당신을 좋아하고 있었단 말입니다. 나는 그 이후에 소비뇽 블랑을 마시면 그녀가 생각났다. 이 글을 쓰기 위해 오늘은 와인을 마셔야 한다.

즐기면서 마시면 그뿐이다

와인을 마시기 위해 내가 고른 책은 김준철의 『와인』이다. 이 책은 와인에 대한 거의 모든 지식을 담았다. '거의'라는 말을 쓴 것은 저자나 책 내용에 대한 불신 때문이 아니다. 이 세상에 존재하는 와인의 종류는 수백만 가지다. 따라서 세상의 모든 와인에 관한 지식을 담은 책은 있을 수 없다.

김준철은 서울와인스쿨 원장이다. 그는 와인스쿨에서 가르쳤던 강의 자료와 방대한 양의 추가 정보를 더하여 이 책을 썼다. 책은 605쪽이나 된다. 도표와 사진과 부가 설명들은 논문 수십 편을 모아놓은 듯하다. 와인에 관한 한 신뢰가 가는 단행본이다. 이 책이 부담스러운 사람들에게는 이원복의 『와인의 세계, 세계의 와인』을 권한다. 놀라운 책이다. 뭐가? 참고도서 목록이. 한국어, 일본어, 독일어, 프랑스어, 영어로 된 참고도서 리스트가 등장한다.

내가 김준철의 『와인』을 구입해서 제일 먼저 펼쳐본 곳은 '와인과 건강' 항목이었다. 프렌치 패러독스French Paradox란 소제목이 붙은 쪽엔 이런 글이 있다.

> [심장병과 와인의 관계가] 일반에게 널리 알려진 것은 1991년 이른바 '프렌치 패러독스'라는 것이 미국의 텔레비전에 소개된 다음부터이다. 프랑스 사람의 지방 섭취량은 미국 사람보다 많으면 많았지 적지는 않고, 콜레스테롤 수치도 비슷한데, 심장병 사망률은 미국의 경우 인구 10,000명 당 182명인 데 비해 프랑스는 102~105명 정도로 낮

게 나타난 것이다. 특히 와인이 많이 생산되는 프랑스 남쪽 도시 뚤루즈는 다른 프랑스 지방에 비해 더 낮은 78명이었다. 미국 사람들은 프랑스 사람보다 술도 적게 마시고 운동도 더 많이 하는데 사망률이 더 높다고 하니 미국 사람들로서는 놀랄 수밖에 없었다.

운동을 끊고 와인을 마셔야 하나?

이 책 506쪽의 도표를 보면 '와인 소비량과 심장병 사망률'의 상관관계를 보여주는, 사망률이 낮은 국가 집단의 수위는 프랑스와 이탈리아가 차지하고 있다. 와인 생산량과 소비량에 있어 세계 1, 2위를 다투는 나라다. 이민을 가야 하는 걸까.

알코올 대사에 대한 다음의 글도 흥미롭다.

> 알코올은 '알코올디하이드로게나제(ADH)'라는 요소에 의해 아세트알데하이드로 변하고 이 아세트알데하이드는 '알데하이드디하이드로게나제(ALDH)'라는 효소에 의해 초산으로 변한 다음, 물과 탄산가스로 변하여 몸 밖으로 빠져나간다. 2차 효소(ALDH) 중에서 아세트알데하이드를 잘 분해하는 종류가 있는데, 유럽인과 흑인은 모두 이 효소를 가지고 있지만, 동양 사람 중 8~40%는 이 효소가 결핍되어 있다. (이런 사람들은) 독성 있는 아세트알데하이드가 체내에서 머무르는 시간이 길어져 얼굴이 빨개지고 심장박동이 빨라지면서 가슴이 두근거리고 무력해진다. (중략) 이 현상은 유전자에 의해서 밝혀진 것이므로, 개인별로 알코올 분해율이 2~3배의 차이를 보인다는 것이 대체

적으로 인정되고 있다. 즉, 술 체질은 타고 난다는 말은 맞는 말이다.

그랬구나. 그래서 순이는 그렇게도 술을 잘 마셨고, 철이는 술을 한 잔도 못 마셨구나. 그렇다면 순이 아빠는 술고래, 철이 엄마는 효소 결핍? 순이 아빠랑 철이 엄마가 결혼해서 애를 낳으면 어떻게 될까? (왜 나는 만날 이딴 생각만 할까.)

우리나라 최고의 와인 전문가 중 한 사람인 김준철은 왜 와인을 마셔야 한다고 생각할까. 그는 서양 문화를 이해할 수 있으니까, 맛있으니까, 대화를 돕기 때문에, 라고 말한다. 그가 주장한 와인을 마셔야 하는 이유 중 가장 마음에 드는 것은 이것이다. '와인은 과음을 피할 수 있는 유일한(!) 술이다.' 정말? 그런데 왜 나는 와인만 마시면 취하지? 기분 좋게 와인을 마신 것까지는 기억이 나는데, 왜 일어나면 머리가 깨지는 것 같지? 아내에게 물어봤다. 그녀의 대답은 이랬다.

"들어와서 그냥 자면 좋을 텐데…… 새벽에 부스럭거리는 소리에 나가보면, 양주와 맥주를 한 컵에 섞고 있는 당신을 보게 돼. 2퍼센트 부족하다면서."

그랬다. 내 과음의 이유는 와인 때문이 아니다. 폭탄주 때문이다.

『와인』은 와인에 대한 지식을 알아야 하는 이유부터 와인의 역사와 문화, 포도의 품종과 재배, 양조, 프랑스 와인을 위시한 각국의 와인에 관한 설명, 치즈와 와인에 어울리는 요리에 관한 설명을 담았다.

와인은 마시는 것이지 공부해야 할 것은 아니다. 정말? 레스토랑에서 와인 한 잔을 마시면서, 그 와인에 대한 설명을 줄줄이 해대는 사람은 참 멋있다. 정말? 밥맛이다. 싸구려 와인을 시켜놓고 이리저리 혀를 굴리며 테이스팅을 하는 사람은 있어 보인다. 정말? 재수 없다. 빈티지가 오래되지 않은 신대륙 와인을 마시면서 디켄딩을 하는 사람은 와인을 아는 사람이다. 정말? 꼴불견이다.

저자가 책에서 강조하는 것은 이런 것이다. 와인은 격식을 차리며 마시는 술이 아니다. 그냥 마셔라. 와인 마시는 데 법칙이 있는 게 아니다. 마음대로 마셔라. 와인을 감정鑑定하지 마라. 와인을 즐겨라. 와인보다 함께 마시는 상대에게 신경 써라. 와인에 예의를 지키는 것만큼 상대를 배려해라!

한 병에 1,000만 원하는 로마네콩티를 재수 없는 갑 사장하고 먹는 것과, 한 병에 만 원하는 칠레 와인을 사랑하는 사람하고 마시는 것 중에 어느 것을 택하겠는가. 나 같으면 일단 갑 사장을 만나서 로마네콩티를 마셔보겠다. 동시에 사랑하는 사람에게 연락해서 기다리라고 한 다음, 갑 사장을 빨리 취하게 하고 그녀에게 달려가겠다. (와인 마니아라면, 로마네콩티를 따놓고 부르는 사람을 절대 거부하지 않는다. 그가 설사 내 애인의 정부라 해도.)

마실수록 알 수 없는

책을 읽고 나서 할 일은 하나뿐이다. 와인을 마시는 일.

나는 지인들을 불러 두 종류를 시음했다. 하나는 프랑스 보르도 특

등급 그랑크뤼(무지 좋다) 샤토 라피트 로쉴드 1997, 다른 하나는 미국 캘리포니아 특급 와인인 앙시그 2004였다. 가격은 와인 업계에 종사하는 M군이 구입한 것이라 시중보다는 쌌다. 라피트는 70만 원, 앙시그는 35만 원.

우리는 라피트 로쉴드를 따서 숨을 쉬게 한 후 한 모금씩 마셨다. 여섯 명 모두 말이 없었다. 나는, 그저 그랬다. 이게 그 유명한 라피트 로쉴드란 말인가……. 굳이 말로 표현하라면 무색무취. 그만큼 개성이 없었다.

고형욱은 『보르도 와인 기다림의 지혜』에서 이 와인을 이렇게 평했다. "아마도 라피뜨는 세계에서 가장 우아하고 기품 있는 와인 중 하나일 것이다. 하지만 라피뜨의 맛을 제대로 느끼기란 너무나 어렵다. 완벽한 균형미를 추구하는 탓에 맛을 이해하기도, 맛에 대해 설명하기도 힘들기 때문이다."

하나의 브랜드에 대해 맛이 이렇다, 저렇다고 평하는 건 쉽지 않다. 고급 와인일수록 섬세하기 때문에 환경에 따라 맛이 달라진다. 같은 빈티지 와인도 엇갈린 평가를 받을 수 있다. 그러나! 백 번 양보해도, 이건 보르도 최고의 와인 라피트 로쉴드 아닌가! 나는 내 혀와 코를 의심했다. 와인 초보이기 때문이다. 나는 아무 말도 할 수 없었다. 뭔가, 도대체 뭐가 뭔가. 혹시 이 와인 중국에서 들여온 것인가.

마니아 중 마니아인 K 선생도 침묵한다. 좋은 와인을 마신 후 흔히 그가 나직하게 내뱉었던 "오 마이 갓……" 하는 신음도 들리지 않는다. 술고래 H 양도 침묵한다. 그녀의 후각은 대단히 예민했다. 정향 냄새가 난다든지 말 오줌 맛이라든지 무두질한 가죽 향이라든지 하는 어휘를 구사해서 늘 우리를 놀라게 했던 그녀다. (도대체 말 오줌 맛을 어떻게 안다는 거지?)

T는 "역시, 달라."라고 말했다. 그의 말은 믿을 수가 없다. 홍상수 영화가 재미있다고 하는 놈이니까. 비트겐슈타인이 이해된다고 하는 녀석이니까. 한강 이북으로 넘어오면 후진 기운이 느껴진다는 자식이니까.

우리는 라피트를 다 마시고 나서 앙시그를 땄다. 캘리포니아 요셉 파파 빈야즈에서 생산되는 보르도 스타일의 와인이다. 캘리포니아 최고의 와인 중의 하나다. 앙시그의 짙은 자줏빛에 감탄하며 그것을 목으로 넘기는 순간, 나는 구역질이 났다.

"오, 쉿! 이거 뭐야?"

알코올 향이 독했다. 마치 소주를 마시는 듯했다. K 선생도 술고래 양도 "이상하다"고 했다. 속물인 T는 오히려 신중했다. 이 친구는 늘 트렌드의 눈치를 본다. 벌거벗은 임금님이라고 외치기를 주저한다. 왕을 누드라고 인정하는 순간, 자신의 본심이 드러나기 때문이다. 그것은 그가 사는 동네인 강남 지역 거주민의 캐릭터를 무시하는 행위다.

K 선생이 말했다. "다른 와인 같았으면 견디지 못했을 텐데…… 앙시그니까 이 정도지. 아까 라피트만 마실 때는 몰랐는데 연달아 다른 와인을 마시니까 알겠어. 라피트 로쉴드가 왜 위대한지."

아하, 그랬구나. 우린 밸런타인 30년산을 마시고 바로 국내 출하 위스키를 마신 셈이구나. 원빈 만나고 바로 아저씨 만난 꼴이구나. 벤츠

몰다 경차 탄 셈이구나.

왜 우리는 늘 그가 있을 때 그의 소중함을 모를까. 그가 떠나고 그보다 못한 사람을 만나고 나서야 그의 가치를 알게 될까. 왜 우리는 늘 그가 함께할 때 그를 사랑하지 않을까. 그가 사라지고 나서야 애석함 때문에 우는 것일까. 왜 우리는 늘 그녀가 말을 할 때 그녀를 안아주지 않는 것일까. 그녀가 죽고 나서야 그녀에 대한 미안함 때문에 땅을 치는 것일까…….

며칠 뒤 나는 "강남 와인 바의 거의 모든 와인을 마셔봤다"고 주장하는 박 사장을 만났다. 그는 와인 수입 업체의 대표다. 사업을 위해 10년 동안, 매일 와인 바를 돌며 리스트에 있는 와인을 하루에 두 병씩 마셨다고 주장하는 사람이다. 그의 입에서는 알코올 냄새가 났다. 나는 그에게 물었다. "와인은…… 역시 비싼 게 맛있는가?" 그는 대답했다. "진실을 원하는가?"

"진실을 원한다."

"세상의 거의 모든 와인을 마셔본 나는 이제야 말할 수 있다. 단 하나의 진실을. 와인은, 마시면 마실수록 더…… 와인에 대해 모르게 된다."

그는 조용히 2002년산 샤토 탈보의 코르크를 따서 내 잔을 채웠다. 나는 더 이상 묻지 않고 와인 잔을 들었다.

길이면 가지 마시오

*

이용대,『알피니즘, 도전의 역사』

1760년 어느 날 소쉬르는 프레방(2,526미터) 산에 올라 맞은편에 있는 몽블랑을 보고 그 장엄함에 감동한 나머지 몽블랑 등정을 결심하고 '누구든지 이 산에 오르는 사람에게 상금을 주겠다'고 현상금을 내 걸었다. 그는 이제까지 아무도 오르지 못한 신비스러운 이 산의 정체를 밝히고 싶었다. 그 당시 알프스 가까이 사는 산마을 주민들은 산꼭대기에는 악마가 살고 있으며 낙빙과 눈사태를 일으켜 사람들을 해친다고 믿고 있었기 때문에 소쉬르의 제안 이후 26년 동안 아무도 이 산에 오르려 하지 않았다.『발칙한 유럽 여행』

빌 브라이슨은『발칙한 유럽 여행』에서 "영국의 저술가인 케네스 클라크에 따르면, 18세기 이전에도 수많은 사람들이 알프스에 왔다 갔지만, 여행자들은 자연의 아름다운 풍광에 대해 거의 아무런 언급도 하지 않았다"고 말한다. 그들의 눈에는 알프스의 놀랄 만한 경치가 눈에 보이지 않았던 것일까?

처음의 인용문에서 언급한 대로 18세기까지만 해도 사람들은 높은 산에 악마가 살고 있으며 그 존재가 산에 오르는 사람들을 해친다고 믿었다. 설사 그렇게 믿지 않는 사람이라 해도 눈 덮인 알프스는 공포의 대상이었다. 프랑스와 스위스, 이탈리아와 오스트리아에 걸쳐 있는 알프스는 나라와 나라 사이의 교통에 방해되는 존재일 뿐이었고, 전쟁을 일으켜 다른 나라를 정복하려는 자에게는 장애물이었다. 일상을 사는 민중들에게는 외경의 대상이었다.

등산에도 배움이 필요하다

스위스의 자연과학자 오라스 드 소쉬르가 "알프스 몽블랑(4,807미터)에 오르는 자에게는 상금을 주겠다"고 발언한 지 26년이 지난 1786년, 몽블랑 첫 등정이 이루어진다. 의사 미셸 파카르와 수정 채취꾼 자크 발마에 의해서였다. 이 사건은 인간이 군사적 목적이 아닌, 오직 산을 오르는 행위 자체를 목적으로 삼아 산을 오르는 근대 등반의 시초로 여겨진다. 또한 몽블랑 정상 등반과 더불어 사람들이 갖고 있던 알프스에 대한 두려움과 미신이 사라지기 시작했다.

산에 대한 공포를 떨치자 19세기 이후의 사람들은 비로소 산의 아름다움을 발견하기 시작했다. 이때부터 많은 여행가와 등반가들은 알프스의 찬연한 미와 웅장함을 노래했다. 알프스는 변함없이 그 자리에 있었으되, 사람들이 보고자 했을 때야 비로소 그 산맥의 찬란함이 드러나기 시작한 것이다.

과학이 자연을 충분히 설명하지 못했던 근대 이전의 사회에서 사람들은 미신과 주술에 의존했다. 산도 파도도 폭풍우도 모두 무서웠을 것이다. 고우영이 그린 『초한지』에서 한신이 유방을 찾아가기 위해 촉의 험한 산을 넘는 장면을 보면, 산맥의 숲 속에서 멧돼지와 호랑이와 이름을 알 수 없는 괴수들의 출현으로 두려움에 떠는 한신의 모습이 나온다. 동양이나 서양이나 사람이 가보지 못한 곳, 정복하지 않은 산, 알지 못하는 것에 대한 경외는 같았다. 무지는 미망과 공포의 어머니다.

알프스가 아름다움과 찬탄의 대상이 아니라 공포의 대상이었다는 글을 읽고 나는 권소연의 에세이집 『사랑은 한 줄의 고백으로 온다』에 실린 이야기가 떠올랐다.

> 콜럼버스가 처음 아메리카 대륙에 도착할 때의 이야기다. 어느 날 인디언들이 바닷가에서 이상한 현상을 발견했다. 바람이 세게 부는 것도 아니고 날씨도 평온한데 바닷물이 평소보다 심하게 일렁였던 것이다. 왜 이럴까? 인디언들은 주술사를 데려와 파도를 보게 했다. 부족의 어른이자 최고 지식인인 주술사는 신경 써서 바닷물의 변화를 주시했다. 하지만 아무리 살펴봐도 바닷물의 일렁임이 심해지기만 할 뿐 도통 그 이유를 알 수 없었다.
>
> "주술사님, 이해할 수가 없어요. 잠도 안자고 바닷물을 살펴보고, 바다 속도 들어가 봤지만 바닷물이 왜 이렇게 일렁이는지 이유를 알 수

없습니다."

인디언들은 불안에 찬 표정으로 물었다.

"보세요, 주술사님! 일렁임이 점점 더 거세지고 있어요! 도대체 왜 이러는 거죠?"

주술사는 정신을 집중해서 바닷물을 주시했다. 바다의 변화에는 분명히 이유가 있을 터였다. 원인 없는 결과는 없으니까. 그렇게 바다 위를 집중하고 집중해서 보던 중, 드디어 주술사의 눈에 바다 위에 떠 있는 거대한 물체가 보이기 시작했다. 실로 믿을 수 없는 광경이었다. 주술사는 태어나서 처음으로 돛이 달린 거대한 범선, 즉 '배'라는 물체를 목도했다.

주술사가 범선을 가리키자 그제야 인디언들도 그 범선을 보고 놀랐다. 주술사가 알려주기 전까지 인디언들은 범선을 보지 못했다. 해안선 바로 앞까지 와있었음에도, 눈앞에 정박하고 있었음에도, 그들은 그것에 대해 알려 하지 않았다. 그들은 그것이 무슨 바위나 하룻밤 사이에 생긴 섬이라고만 생각했다.

누군가 손가락을 들어 가리키기 전까지는 우리가 무엇을 본다 해도 보는 것이 아니다. 누군가 설명하기 전까지는 우리가 무엇을 안다 해도 아는 것이 아니다. 누군가 산에 오르기 전까지는 산은 있다 해도 있는 것이 아니다. 적어도 미망에 사로잡힌 인간에겐 그렇다. 존재가 문제가 아니라 인식이 문제인 것이다. 산에 오른다는 것은 존재에 대한 인식의 도전이며 실체에 대한 감각의 탐구이자 객체에 대한 주체의 대응이다.

이용대의 『알피니즘, 도전의 역사』는 그가 서문에 썼듯이 "인류가 험준한 산에 발자취를 남기면서 이룩해온 위대한 성공과 실패의 기록"이다. 알피니즘이란 무엇인가? "영국의 언스워스에 의해 발간된 등산백과사전에서는 알피니즘을 '눈과 얼음으로 덮인 알프스와 같은 고산에서 행하는 등반'이라고 정의하고 있다."

그러므로 내가 집 근처의 약수터(약 150미터)를 한 시간 만에 걸어 올라갔다 내려오는 것은 알피니즘에 해당하지 않는다. 여름에 북한산(836미터) 정상에 오르는 것도 알피니즘에 해당하지 않는다. 눈과 얼음이 덮인 알프스나 히말라야, 록키나 안데스 정도 되는 산에 올라야 알피니즘이 된다.

이용대는 한국산악회 종신회원이자 한국산서회 창립멤버다. 1985년 코오롱 등산학교가 개교한 이래 대표 강사를 지냈고, 1997년부터 이 학교 교장으로 재직하고 있다. 그는 한국 등산 교육의 선구자로 불린다. 그가 지금까지 배출한 산악인 수는 7,000명에 이른다. 제자들은 그를 '공부하는 산악인'이라고 부른다. 그는 지금도 등산의 새로운 정보를 부지런히 습득하고, 글쓰기를 통해 그 정보를 책으로 내는 데 애쓰고 있다.

등산하는 데 배움이 필요한가? 혹자는 이렇게 물을 것이다. 필요하다. 나는 이렇게 대답한다. 나 역시 등산 교육을 받았다. 등산 교육의 핵심은 안전과 환경이다. 물론 등반은 무상의 행위다. 한라산 정상을 정복한다고 누가 상을 주는 것도 아니요, 백두대간을 종주한다고 누가 돈을 주는 것도 아니며, 에베레스트 꼭대기에 올랐다 해도 누가 알아주는 것이 아니다. 그런데도 사람들은 산에 오른다. 나도 북한산에 미쳐 지도가 너덜너덜해질 때까지 등반을 하기도 했고, 인수봉 암벽에 매달려 중력을 배반하다 추락하기도 했으며, 급기야 안데스 산맥 최고봉인 침보라조(6,310미터) 원정에 참여하기도 했다. 산이 왜 좋은지는 올라본 사람만이 안다. 아니, 산으로 들어가 본 사람만이 안다.

왜 산에 오르는가

이 책은 알프스 등정에서 히말라야 8,000미터급 거봉에 대한 도전, 산소 호흡기를 둘러싼 논쟁에서 비롯된 진정한 알피니즘 정신과 한국 산악인들의 도전사에 이르기까지 인류의 등반 근대사를 다룬다. 윔퍼에서 머메리, 맬로리, 엘조그, 힐러리, 하러, 메스너에 이르는 등반의 개척자들을 소개하면서 저자는 '등산 인구 1,000만을 웃도는 등산 열기 속에서 살고 있는 시점에서 산악 문화 선진국이 되려면 산서山書 구독 인구와 출판물의 양이 늘어야 한다'고 말한다.

흔히 "왜 산에 오르는가?"에 대한 답으로 "산이 거기 있기 때문에"라고 말한 영국 산악인 조지 맬로리의 문구가 인용되곤 한다. 저자는 여기에 얽힌 일화를 소개한다. 맬로리는 1922년, 영국 에베레스트 2차 원정대의 일원으로 해발 8,225미터까지 올랐다. 인류가 산소호흡기 없이 8,000미터를 넘은 최초의 기록이다. 이후 맬로리는 영국과 미국을 돌며 등반에 대한 강연을 했다.

제3차 원정을 앞둔 맬로리는 미국 순회 강연 중 어느 날 필라델피아에서 개최한 강연회에 연사로 참석한다. 그는 이 강연회에서 에베레스트 등반에 관한 강연을 했다. 그의 강연을 경청한 수많은 청중들은 열렬한 박수갈채를 보내며 그의 용기와 탐험 정신을 극찬했다.

맬로리가 강연을 끝내고 연단에서 내려설 때쯤 청중 가운데 한 여인이 "당신은 왜 그렇게 위험한 에베레스트에 오르려고 하죠?"라고 엉뚱한 질문을 해왔다. 그녀의 질문은 그의 강연을 전혀 듣지 않고 있다가 던진 것으로밖에 생각되지 않는 우문이었다. 이 엉뚱한 질문에 짜증이 난 맬로리는 신경질적인 말투로 "그것이 거기 있으니까"라고 짧은 말로 답변한 것이다. 다소 짜증스러운 분위기 속에서 아무렇게나 던진 답변이 결과적으로 유명한 경구가 되었으며, 산악인들이 산을 찾는 이유로는 충분한 현답이 된 것이다.

맬로리의 대답은 "Because it is there." 였다. 짧지만 더할 나위 없는 명답이었다. 우리가 만약 맬로리 패러다임으로 살아간다면 다음과 같이 답할 수 있으리라. 당신은 왜 사랑하는가? 그녀가 거기 있기 때문에. 당신은 왜 살아가는가? 그녀가 거기 있기 때문에. 당신은 왜 숨을 쉬는가? 그녀가 거기 있기 때문에. 당신은 왜 먹는가? 음식이 맛있으니까. (진실은 늘 마지막에 드러난다.)

가면 길이 된다

『알피니즘, 도전의 역사』를 읽고 해야 할 일은 무엇인가? 등산이다. 나는 폭염이 기승을 부리던 어느 날, 북한산 보국문 코스를 올랐다. 바깥 기온이 30도를 넘는 날이었지만 정릉계곡 매표소를 지나자마자 거짓말처럼 서늘함이 느껴졌다. 공기는 맑았다. 물도 맑았다. 사람들 표정도 맑았다. 산에 있을 때만큼은. '산이 거기에 있기 때문에 오른다는 말은 정답'이었다. 산에 들어오면 더 이상의 답을 찾을 수 없다. 오르는 것만이 진실이다. 걷는 것만이 실존이다. 숨 쉬는 것만이 현실이다. 그리고 행복하다.

나는 계곡물을 따라 천천히 걸었다. 처음 한 시간은 헉헉거렸고, 다음 두 시간은 가다 서다를 반복했다. 꽤 오랜만에 하는 등산이라 숨이 찼다. 친구들과 이런저런 담소를 나누며 숲길을 오른쪽으로 돌아서는 순간, 보국문이 느닷없이 나타났다. 몇 년 만에 방문한 보국문은 여전히 쿨했다. 문 가운데 서면 남과 북에서 동시에 찬바람이 들어왔다. 문 위에 서면 서울 시내가 동서로 한눈에 들어왔다. 문 밖에 서면 내가 내 속으로 사방에서 들어왔다.

인류 등반사에 가장 인상적인 흔적을 남긴 등반가 중 하나는 앨버트 머메리다. 당시의 산악인들은 알프스 봉우리들을 정복하느라고 혈안이 되어 있었다. 1870년 무렵, 등반가들은 알프스의 4,000미터급 봉우리 60개를 포함해 149개의 알프스 봉우리를 모두 정복했다. 한마디로 알프스에서는 더 이상 올라갈 봉우리가 없어진 셈이었다. 모험가들은 할 일을 잃은 듯했다. 이때 머메리는 '등로주의登路主義, mummerism' 주창하며 알피니즘의 개념 자체를 송두리째 바꾸어놓는다. 심산은 『마운틴 오딧세이』에서 이렇게 말했다.

> 알프스의 봉우리들을 다 올랐다고? 그건 당신들 얘기일 뿐이야. 나는 당신들과는 다른 길로 모든 봉우리들을 다시 오를 거야. 당신들은 그저 어떻게든 정상에 오르기만 하면 그것으로 모든 것이 끝났다고 생각하지? 나는 당신들과는 다른 방식—보다 어렵고 다양한 루트로 오를 거야! 훗날 머메리즘이라 명명된 이 남자의 등반관은 이것이다. 어떻게든 오르기만 하면 다가 아니다. 남들이 닦아놓은 길을 따라가는 것이 무슨 등반인가? 보다 중요한 것은 '어떻게 오르느냐'이다.

남들이 닦아놓은 길을 따라 보국문 코스를 내려오던 나는 국립공원관리공단이 줄을 쳐놓고 매달아놓은 게시판을 보았다. '길이 아니면 가지 마시오.' 머메리즘에 충실한 나는 이렇게 고쳐놓았다. '가면 길이 된다.' 나중에 이 이야기를 산 선배에게 했더니 그는 이렇게 답했다.

"기왕이면 이렇게 고치지. '길이면 가지 마시오'라고."

프로는 감동이다

*

히사이시 조, 『감동을 만들 수 있습니까』

"감독님, 오랜만입니다. 안녕하세요?"

"……"

"지난 번 그 영화, 아주 좋더군요."

"아아, 예……."

"이번에는 이런 느낌으로 음악을 만들면 되겠군요."

"그렇지요……."

"그러면 이만……."

위의 대화는 일본의 영화음악가 히사이시 조와 감독 기타노 다케시의 대화다. 히사이시 조가 그의 음악 에세이 『감동을 만들 수 있습니까』에서 밝힌 것이다.

조는 영화 〈그 여름 가장 조용한 바다〉의 음악을 담당하면서 다케시 감독을 만난다. 영화감독과 음악감독 사이에는 많은 교감이 필요하다. 더불어 많은 대화도 필요하다. 그러나 조와 다케시 감독의 대화는 절대로 15분을 넘지 않았다. 조는 다케시의 유일한 제안을 반영하기만 하면 그만이었다. 다케시가 조를 처음 만났을 때 이렇게 말했다. "영화에는 반드시 음악이 들어갈 곳이 있지요? 그런 곳의 음악은 일체 뺍시다."

조는 다케시의 이 말에 충격을 받는다. 다케시는 관객에게 상상할 여지를 주는 영화를 만들고 싶어 했다. 절제된 연출로 영화를 찍겠다는 심산이었다. 연기도 미장센도 음악도 마찬가지였다. 그러다 보니 두 사람 사이의 대화는 짧을 수밖에 없었다.

그러나 이후 조는 다케시 감독의 영화 음악 대부분을 만든다. 〈소나티네〉, 〈하나-비〉, 〈키즈 리턴〉, 〈기쿠지로의 여름〉, 〈브라더〉 등. 이렇게 수많은 작업을 함께했던 두 사람의 대화가 위와 같다면, 그들은 거의 대화가 없는 채 지낸 것과 마찬가지다.

그렇다면 조와 커플이나 마찬가지였던 미야자키 하야오 감독은 어땠을까? 〈천공의 성 라퓨타〉, 〈이웃집 토토로〉, 〈원령공주〉, 〈붉은 돼지〉, 〈센과 치히로의 행방불명〉 등 하야오 감독의 전 작품은 조가 음악을 맡았다. 물론 하야오 감독은 기타노보다는 더 말을 많이 하는 사람이었다. 그러나 역시, 조가 하야오 감독과 음악에 관해 많은 대화를 했다는 이야기는 별로 없다.

도대체 왜 그랬을까? 조가 사교성이 없고 괴팍한 성격이었기 때문이었을까?

아니다. 한마디로 '프로는 말이 필요 없기 때문'이었다. 다른 말로 하면, '프로는 접대가 필요 없기 때문'이다. 조는 영화 음악을 만드는 사람이다. 기타노나 하야오 감독이 아무리 조와 친하다 해도 매번 음악을 맡길 수는 없다. 때문에 조는 매번 자신을 한계 상황까지 몰고 가면서, 영화에 맞는 최고의 음악을 창조하기 위해 노력한다. 이번 작품은 지난번 작품보다 더 뛰어나고 더 아름답고 더 새로워야 한다는 무언의 압력을 느끼면서. 더불어 감독의 세계관, 좁게는 영화를 위해 감독 나름대로 생각해두었던 음악적 테마도 염두에 두면서. 조는 이렇게 말한다.

"나는 지금까지 수차례 미야자키 하야오 감독의 애니메이션 음악을 만들었지만, 한 번이라도 음악이 좋지 않으면 다음에는 나에게 의뢰를 하지 않을 것이란 사실을 알고 있다. 나는 항상 그런 절박한 심정으로 일을 하고 있고, 매번이 진검승부다."

심지어 그는 오랫동안 함께 작업하는 사람들과 일부러 친해지지 않는다는 독특한 원칙을 가졌다. 일정하게 거리를 두는 인간관계를 유지한다는 것이다.

"계속 함께 일을 하게 되어도 인간적으로 친밀한 관계를 추구해서는 안 된다. 개인적으로 친해지면 정신적인 면에서 안이함이 나올 수도 있기 때문이다."

나는 이 대목에서 무릎을 쳤다. 프로는 그런 것이다. '그가 나와 친하니까 그에게 일을 맡긴다.' '그가 나와 친하니까 그가 나에게 일을 맡길 것이다.' 이건 아마추어적인 생각이다. 88올림픽 때나 통용되던 개념이다. 그러나 이런 택인술擇人術은 21세기 한국 정치에서 여전히 유효하다.

'그가 국가와 미래를 위해 일을 잘 할 것인가'가 중요한 게 아니라, '그가 내 편인가 아닌가'가 더 중요하다.

사실 나 역시 구태의 택인술을 비난할 처지는 못 된다. 탤런트로 활동하면서 방송사를 들락거렸던 나는 '피디와 친해져야 캐스팅된다'는 생각을 오래도록 버리지 못했다. 연기의 기본을 연마하기도 전에 폭탄주 제조법을 익혔고, 콘티를 이해하기보다는 복마전의 네트워크를 간파하려 했으며, 대본을 한 번 더 보기보다는 방송국의 인사 이동에 더 민감했다. 결과는 참혹했다. 시장은 장기적으로 실력 있는 자를 원했으므로, 실력 없는 자는 도태되고 말았다. 도태된 자들의 공론은 여전했다. '역시 성공하려면 빽이 있어야 돼.' '요즘 A 작가가 뜨던데 한 번 찾아가 볼까?' '다음 순번은 B 감독이라던데?'

나는 뒤늦게 88올림픽 시스템의 어리석음을 깨닫고 내실을 기하기 시작했다. 그 나락에서 다시 시장으로 진입하기 위해 얼마나 고통스러운 과정을 겪었는지는 아무도 모른다. 그러나 여전히 해야 할 공부는 산더미 같다. 그러므로 실력 있는 자에게는 접대할 시간이 없다는 말이 맞다. 히사이시 조의 말대로 '자신을 극한까지 몰고 가는' 인고의 과정이 없다면, 우린 아무런 변신도 할 수 없다.

매는 보통 마흔이 되면, 산으로 올라가 바위에 부리와 발톱을 짓이기고 제 털을 물어뜯어 다 뽑아낸다. 이 과정을 거치고 나면 완전히 새롭게 젊어진 매가 되는데, 이를 이기지 못하면 죽고 만다. 그야말로 '환골탈태'한 매만이 다시 40년을 더 산다고 한다.

사람도 마찬가지다. 마흔 전후한 어느 시기에, 제 심장을 도려내고 머리털을 다 뽑아버리는 변태變態가 없이는 정신적으로 또는 사회적으로 조용히 매장될 뿐이다.

그런 의미에서 히사이시 조의 인생관과 창작관을 담은 『감동을 만들 수 있습니까』는 내게 단순한 음악 에세이가 아니라 프로 정신을 일깨워주는 충격적 담론으로 다가왔다.

감기 따위는 걸리지 않는다

프로란 무엇일까? 이 책을 읽으니 일본의 작가이자 가수이자 진행자인 (이 양반도 나만큼이나 다양한 활동을 했다) 에이 로쿠스케가 쓴 『장인匠人』이 떠올랐다.

로쿠스케는 호류지法隆寺, 이세진구伊勢神宮 등의 개축 작업에 참여한 일본 최후의 도편수 니시오카 쓰네카즈를 비롯해 목공, 복식, 도자 장인들을 만나서 그들의 한마디를 모았다.

"감기에 걸리는 것은 샐러리맨이지, 장인은 감기에 걸리지 않아요. 감기 따위 걸리고야 아무것도 할 수 없기 때문이지."

로쿠스케는 이 멋진 말을 누가 했는지 밝히지 않았다. 나머지 말들도 그렇다. '어느 공사장에서 만난 목수' '도자를 빗던 도공' 등으로 두루뭉술하게 출처를 밝힌다. 그러나 상관없다. 위의 말은, 진짜 장인이 아니면 할 수 없는 말이니까.

언젠가 나는 〈태양의 남쪽〉이라는 드라마에 배우로 출연을 했다. 이 드라마는 성재와 용태라는 두 남자가 우정과 배신으로 얼룩진 인생을 살아가는 이야기였다. 성재는 착한 남자, 용태는 나쁜 남자였는데 성재 역은 최민수가, 용태 역은 내가 맡았다.

최민수는 연기의 달인답게 모든 장면을 분석하고 소화해냈다. 그가 주인공이었으므로 촬영이 지속되는 석 달 동안은 잠도 잘 자지 못했고 식사도 제때 하지 못하면서 촬영을 했다. 어느 날 내가 그에게 말했다.

"민수 형! 그렇게 과로하시다 감기 걸리시겠어요. 몸조심하세요."

그러자 최민수 선배가 대답했다.

"로진아! 프로라는 건 말이다. 감기 따위에 걸리면 안 된다. 드라마 촬영을 하는 도중에는 아무리 과로를 하고 추워도 감기에 걸리지 않는다. 그러다 드라마가 끝나면 며칠을 앓는다."

한 인물에 몰입해서 완전히 그 역할로 존재하다가 일상의 최민수로 돌아오려면 며칠 동안 허물을 벗는 기간이 필요하리라. 그러나 드라마 촬영을 하는 도중에는 절대 감기에 걸리지 않는다고 하니 역시 그는 장인이었고 프로였다.

최민수 선배와 내가 드라마를 할 때는 『장인』이라는 책이 나오기 전이었다. 나는 이 말을 잘 기억하고 있었는데, 나중에 책을 읽고 '극한까지 간 사람끼리는 통하는구나' 하는 느낌을 지울 수 없었다.

『장인』에는 또 이런 말이 나온다.

"나는 솜씨 없는 놈은 가르치지 않아. 내 솜씨까지 무뎌지기 때문이지."

"인간이란 게 원래 한가해지면 험담을 하게 돼 있어. 험담하지 않을 정도로 바쁘게 사는 게 중요하지." "인간이란 '출세했나 안 했나'가 아니다. '천박한가 천박하지 않은가' 둘 중 하나다." "잘 들어! 프로라는 건 누가 관장약을 집어넣더라도 단단하게 굳은 똥이 나오는 법이여."

이런 말을 하는 사람들은 누구란 말인가? 프로는 관장약을 집어넣어도 굳은 똥을 싸는 사람이라고? 기가 막힌다. 이런 말을 내뱉을 줄 아는 사람의 심지에 놀라고, 이 말이 가진 투박한 힘에 놀란다.

누가 관장약을 집어넣지도 않았는데 설사를 줄줄 하는 나 같은 인간은 아직 멀었다는 뜻인가? 관장약이란 건 어린 아이들에게나 필요한 것이다. 우리는 혹시 힘주어 똥 싸기 싫으니까 그저 누가 관장약을 좀 넣어줬으면 하고 바라고 있는 것은 아닌가? 그렇다면 우리는 영원한 아마추어다.

프로가 되기 위해 필요한 세월

다치바나 다카시가 쓴 『청춘표류』에는 서른세 살의 정육 기술자 모리야스 츠네요시의 이야기가 나온다. 중학교를 졸업하고 20년 가까이, 어떨 때는 아침 6시부터 12시까지 고기만 발라온 모리야스는 이렇게 이야기한다.

"제 경우에는 정확히 세어보지는 않았지만 적어도 1만 마리는 발라냈을 거예요. 어디에 어떤 뼈가 있고, 어디에 어떤 근육이 붙어 있고 어디를 어떻게 자르면 되는지 소 전체의 구석구석까지 아는 것이 그 첫 걸음이지요. 그 다음에는 칼을 쓰는 방법에 있어요. 정말 칼을 잘 쓸 정도가 되면 칼을 사용하는 감각이 없어져요. 칼과 손끝이 하나가 되어야 하거든요. 칼과 손가락이 하나가 되어 칼의 존재를 잊어버리고 손끝으로 자른다는 느낌이라 해도 좋고, 칼날 끝에 손끝과 같은 감촉이 있다고 해도 좋아요. 그렇게 하면 칼로 자르는 게 아니라 잘라야 할 부분에 칼이 빨려 들어가는 느낌이 들죠."

『장자』에는 이런 이야기가 실려 있다. 춘추전국시대에 포정이라는 요리의 명인이 있었다. 그가 소를 잡는 모습은 마치 춤을 추는 듯했다. 양혜왕이 감동하여 물었다.

"기술이 참 훌륭하도다. 어찌 이런 경지에 이르렀는가?"

포정이 칼을 내려놓고 대답했다.

"보통 요리사들은 한 달에 한 번 칼을 바꿉니다. 뼈를 건드리기 때문이지요. 좀 잘 나가는 요리사들은 1년에 한 번 칼을 바꿉니다. 살을 건드리기 때문이지요. 저는 19년 동안 소를 수천 마리나 잡았습니다만 한 번도 칼을 바꾼 적이 없습니다. 그런데 이 칼은 이제 막 숫돌에 갈은 것 같이 날이 서 있습니다.

소의 마디마디에는 틈이 있고 이 칼날에는 두께가 없습니다. 제가 하는 일은 두께 없는 칼날을 그저 마디 사이의 틈에 넣고 움직이는 것 뿐입니다. 근육과 뼈 가까이 칼이 이르면 극히 조심하고 오직 나와 소와 칼이 하나임을 생각합니다. 이때 칼을 극히 미세하게 놀리면 뼈와 살이 갈라지는데 그때 나는 소리는 흙이 땅에 떨어지는 것과 같습니다. 그러니 칼의 날이 무뎌지지 않는 것입니다."

감동을 주는 프로가 되기 위해서는, 20년 정도의 세월은 바쳐야 할 것 같다.

말은 태어난다

*

이희재, 『번역의 탄생』

2009년 2월, 나는 모 방송국의 책 관련 프로그램에 출연하고 있었다. 매주 고전을 소개하는 코너에는 푸른숲 출판사 이현주 편집자가 나왔다. 어느 날 그이가 "이 책 정말 좋다"며 『번역의 탄생』을 내밀었다(내밀었다 도로 가져갔다). 구식 타이프라이터가 그려진 표지는 강렬했다. 그리고 1년이라는 시간이 흘렀다.

2010년에 나는 『아이디어 블록The Writer's Block』이라는 책을 우리말로 옮겼다. '작가의 장벽'쯤으로 번역되는 이 책은, 예비 작가를 포함해서 글을 쓰는 모든 사람들에게 반짝이는 아이디어를 제공한다. 한 변 길이가 7센티미터인 정육면체 모양을 한 책은 마크 트웨인과 어니스트 헤밍웨이, 바바라 킹솔버, 존 어빙, 토니 모리슨 등 영미권의 기라성 같은 작가들의 경구와 편집인 제이슨 르쿨락의 조언으로 채워져 있다. 360쪽짜리 책을 번역하느라 꽤나 애를 먹었다.

번역이라니! 나는 첫 페이지를 맞딱들이자마자 후회했다. 사전을 뒤지다 보니 시간은 한정없이 흘러갔다. 단어의 뜻은 알아도 문장의 뜻은 뭔지 모르는 경우가 허다했다. 가만히 되새겼다. '내가 마지막으로 영어로 된 책을 읽은 게 언제였더라.' 기억나지 않았다. 『번역의 탄생』을 보면, 독일의 언어학자 하랄트 바인리히는 "단어는 완벽한 번역이 불가능해도 문장은 완벽한 번역이 가능하다"고 했다. 나는? 일단 단어 뜻부터 찾느라 야단법석이었다.

우리말의 재발견

그러던 어느 날, 원서와 전자사전, 종이사전을 싸 들고 나는 제주로 날아갔다. 죽이 되든 밥이 되든 번역을 끝마치고 올라올 심산이었다. 그러나 내 계획은 제주로 몰려든 지인들과 밤마다 벌이는 술 파티로 인해 무산되고 말았다. 나흘 만에 서울로 도망쳐온 나는 다시 책을 붙잡고 씨름했다. 다행히 2주쯤 지나자 속도가 붙었다. 정확히 30일 만에 나는 번역을 끝내고 출판사에 원고를 넘겼다. 야호!

나는 출판사에 원고를 넘긴 뒤에는 재촉하지 않는다. 어떤 책은 원고를 넘기고 1년 뒤에 출간되기도 했다. 나를 떠난 원고는 안녕, 하고 가버린 애인이다. 연락해봤자 자존심만 상한다. 『아이디어 블록』도 그렇게 보냈다. 하지만 왠지 모르게 미련이 남았다. 사실, 난생 처음 번역을 하면서 그 매력에 눈 뜨기도 했다. 번역이란 것을 좀 더 알고 싶어졌다.

나는 『번역의 탄생』을 구해 읽었다. 이 책을 읽고 난 느낌은? '앗, 뜨거워라!'였다. 남들 다 좋다는 제이슨 므라즈와 캐런 앤, 블랙 아이드 피스에 빠져 있다가 어느 날 정수년의 해금 연주를 들었을 때의 느낌이랄까.

100년 전 영조(영어－조선어)사전을 보면 Adam's apple을 '울대뼈'로 번역해 놓았다. 현재의 영한사전은 '후골, 결후'라는 어려운 말로 바꿔 놨다. 옛날 사전이 오늘날 사전보다 더 멋진 조어를 많이 갖고 있는 셈이다. affricate는 터스침소리－파찰음破擦音(앞은 100년 전－뒤는 현재의 풀이), anvil은 모루뼈－침골砧骨, alabaster는 눈꽃 석고－설화雪花 석고, pustule는 고름집－농포, cyme는 고른살 꽃차례－취산화서聚散花序(꽃이 가지에 붙어있는 모양 중 하나), dye는 물감－염료, inhalation은 들숨－흡식吸息, intestine은 밸－장腸 같은 식이다.

이렇게 된 이유는? 해방 후 영어사전을 만들면서 영어－일본어 사전을 무작정 베꼈기 때문이다. "너는 밸도 없냐?" 할 때 "너는 장도 없냐?"라고 말한다 치자. 감이 확 떨어진다.

이희재는 전문 번역가로 활동하다 영국 옥스퍼드 대학에 건너가 동아시아 영어 사전의 역사를 연구하고 있다. 책에는 그의 전문 지식이 고스란히 녹아들어가 있다. 놀랍고 충격적이고 새롭다. 한편으로 내가 우리말에 얼마나 무식했는가를 깨달았다는 뜻이기도 하다(내가 좋아했던 책의 문장은 대체로 영어식 한국어였고, 내가 썼던 문장은 대부분 일본어식 우리말이었다).

저자는 부사와 형용사가 많은 한국어의 개성, 우리말 어미의 풍부함,

생략이 주는 이심전심의 의미, 번역투에 오염된 최근의 우리글 등에 대해 조목조목 지적한다. 그의 말 한마디 한마디는 옳고도 또 옳았다. 정확하고 적확하고 적절했다. 날카롭고 짜릿하고 섬뜩했다. 『번역의 탄생』은 그동안 책 꽤나 읽고 글 좀 쓴다는 내 뒤통수를 쳤다. 이 책에서 저자가 한국어답게 옮긴 몇 몇 문장을 소개하겠다. '원문과 일반적인 번역문 → 이희재 번역문' 순이다.

The president had a sudden fall in his popularity.

대통령은 지지도의 갑작스러운 하락을 경험했다.

→ 대통령 인기가 뚝 떨어졌다.

She looked at them with a wistful smile.

여자는 아쉬운 미소를 지으며 그들을 바라보았다.

→ 여자는 그들을 바라보면서 아쉽게 웃었다.

A door was closed.

문이 닫혔다.

→ 누군가 문을 닫았다.

Some went out, others stayed.

어떤 사람은 떠났고, 어떤 사람은 남았다. (80점)

누군가는 떠났고, 누군가는 남았다. (85점)

→ 떠난 사람도 있고 남은 사람도 있었다. (요거거든!)

그런가 하면, 허를 찌르는 번역으로 나를 감탄하게 했다. 화살표는 나 같은 사람의 번역이다.

They say they have no money.

돈들이 없대.

→ 그들은 돈이 없다고 말한다.

He was touched by the boy's story.

소년의 이야기를 듣고 짠했다.

→ 그는 소년의 이야기에 감동을 받았다.

You scared me!

간 떨어질 뻔 했잖아!

→ 너는 나를 놀라게 했다!

Why can't? we have a normal day?

어떻게 하루도 바람 잘 날이 없니?

→ 왜 우리는 정상적인 날들을 갖지 못하는 거니?

He is acting like a child.

애들도 아니고 말이야.

→ 그는 마치 어린이처럼 행동했다.

What do you mean by dirty?

더럽다니?

→ 더러움이란 말로 당신이 의미하는 것은?

떠나보낸 원고를 다시 붙잡다

위 문장에 나오는 단어들은 중학생이면 알 만한 것들이다. 그런데 그 쉬운 문장을 우리말로 옮기는 방식이 이렇게 다르다. 번역도 내공이 있어야 하는 것이다. 관사와 정관사를 언제 붙이는지에 대한 다음 설명을 보자.

다음 국문을 영어로 옮기면 어떻게 될까요?

"안은 꼭 영화 촬영장 같다. 영락없는 권투 도장이다. 뭉개진 샌드백이 있고, 흘러간 권투 선수의 포스터, 빛이 바랜 1980년대 사진이 벽에 박혀 있다."

영화 촬영장과 권투 도장은 어렵지 않습니다. 어차피 하나씩 밖에 없을 테니까요. 그냥 a film set와 a boxing club이라고 하면 됩니다. 벽도 뻔히 집 안에 있는 벽일 테니 그냥 the wall이라고 하면 되겠지요. 그런데 샌드백, 권투 선수, 포스터, 사진은 모두 도장 안에 최소

> 둘 이상 있을 가능성이 있습니다. 단수라면 앞에 a를 붙여야겠고 복수라면 뒤에 s를 붙여야겠지요. 한국어 원문에는 그에 관한 어떤 단서도 없습니다. 모두 단수로 되어 있으니까요. 그러니까 번역자가 결정을 해서 가능성을 좁혀 주어야 합니다. battered bag, poster, boxer, photograph는 셀 수 있는 명사니까 the라고 못 박든가 아니면 a나 s를 붙여야 합니다.

마지막 문장의 의미를 아시는지? '셀 수 있는 명사'라는 말을 접하는 순간, 나는 뇌의 모든 기능이 정지하는 것 같았다. 엄살이나 유머가 아니다. 영어 실력이 없어서도 아니다(물론 내가 지금 고3이라면 이 개념을 정확히 알고 있을지도 모른다. 확실히 우리는 대학 입시 직전에 가장 똑똑하다). 이희재도 밝혔지만, 우리나라 사람들에겐 '수에 대한 개념'이 없다. 그리고 '수동태에 대한 개념'도 희박하다.

이 대목에 이르러선 번역 포기 상태가 된다. 전의를 상실하고 널브러져 있던 나는, 내가 번역해 넘긴 『아이디어 블록』을 출간하기로 한 출판사에 전화를 했다.

"원고 어떻게 됐나요?"

"내일 조판 들어갑니다."

"스톱!"

나는 출판사에 모든 일정을 중지시키고 원고를 다시 보내달라고 했다. 담당 편집자는 "당신에게 주어진 시간은 단 24시간!"이라고 못 박았다. 나는 이메일로 원고를 받아 다시 읽었다. 결론은? 엉망진창이었다. 나는 『번역의 탄생』을 읽은 사람으로서, 알기 전과 알고 나서는 다르다는 것을 아는 사람으로서, 때로 배우고 익히면 즐겁지 아니한가를 외치는 사람으로서, 원고를 처음부터 수정했다(영어 원문과 비교할 시간은 없었다. 좀더 우리말답게 고치는 일만 했다. 정확히 24시간 뒤 나는 수정 원고를 이메일로 보냈다). 다음을 보라. 처음의 번역 → 수정한 번역이다.

글쓰기 과제들은 사진과 함께 배치되어 있다.
→ 글쓰기 과제는 사진과 함께 실었다.

당신은 열 개의 서로 다른 대답을 듣게 될 것이다.
→ 열 명 모두 서로 다르게 대답할 것이다.

어떤 단어들은 당신의 상상력에 직접 작용해서 도전 의식을 갖게 만들 것이다.
→ 어떤 단어를 보는 순간, 상상력이 발동해서 글을 써보고 싶을 것이다.

대부분의 작가들은 상당히 규칙적인 집필 습관을 갖고 있다.
→ 대부분의 작가들은 칼같이 시간을 정해 놓고 글을 쓴다.

아니면 여러분 자신에게 이 질문을 던져 봐도 좋다.
→ 여러분 자신에게 질문을 해도 좋다.

매년 천만 개가 넘는 처방전이 잘못 기재된 채 발부된다.

→ 의사가 엉뚱하게 발행하는 처방전이 매년 천만 개가 넘는다.

그의 잘못된 믿음 안에 자리 잡고 있는 것은 무엇일까?

→ 그는 왜 그런 잘못된 생각을 갖게 됐을까?

거기서 거기라고? 음…… 아마도 내 번역 실력이 한참 모자라기 때문일 것이다. 여기까지 읽어준 독자들을 위해, 내가 번역한 책 『아이디어 블록』에서 가장 기억에 남는 메시지를 옮겨본다.

침대 밑에 쓰다 만 원고 뭉치를 던져 넣는다. 원고엔 먼지만 쌓인다. 미완성 원고는 하나둘 늘어난다……. 이런 경험을 가진 작가들은 많다.

미완성 소설을 체계 있게 보관하는 작가들도 있다. 이들은 일단 새로운 소재가 떠오르면, 몇 개의 장을 시작하고, 등장인물들을 구상하고, 한두 달간 집필한다. 그러나 곧 더 신선한 아이디어가 떠오른다. 이 아이디어를 좇아 장을 시작하고, 등장인물을 구상한다……. 작가라면 누구나 이런 일을 반복한다.

스티븐 킹은 이런 일련의 과정을 멋지게 비유했다. "새로운 아이디어가 떠올라 글을 쓰게 되는 것은 결혼하는 과정과 비슷하다. 새로운 아이디어가 생긴다는 건, 남자가 '와우, 저 여자 정말 멋지네. 데이트하고 싶은데' 하고 생각하는 것과 같다. 그러나 데이트 할 수 없다. 지금 만나고 있는 여자와 끝내기 전에는."

지금 쓰고 있는 것에 충실해라. 소설 한 편에 몇 달을 투자했다면, 그것만으로도 당신은 소설에 빚을 진 셈이다. 인생은 어차피 어렵고 고통스럽다. 당신은 자판을 두드리는 작업을 하며 그 고통을 잊지 않았던가? 글 쓰는 행위가 그동안 당신을 버티게 해준 것이다.

4.
인생의 숲에 숨은 이야기

나는 문제에 부딪히면 먼저 도서관에 간다.
내 종교는 글쓰기이고,
내 성전은 도서관이며,
내 성경은 세상의 모든 책이다.

배관공도 묻는것

*

스티븐 호킹, 『그림으로 보는 시간의 역사』

"나는 누구인가?"

나는 언젠가 우리나라에서 제일 큰 섬의 수강생들에게 이 같은 제목을 주고 글을 쓰라고 했다. 진부한 테마였다. 그런데 반 이상은 이렇게 대답했다. "나는 내가 누구인지 모르겠다."

이인화의 소설 『내가 누구인지 말할 수 있는 자는 누구인가』는 1992년 작가세계 문학상을 탔지만 현재 예스24에서는 품절이다. 그러므로 내가 누구인지 말할 수 있는 자는 2010년 한국에는 없다('책이 없으면 사실도 없다.' 이게 내 지론이다).

이인화가 소설을 썼으되, 그의 소설은 존재하지 않는다. '내가 누구인지 말할 수 있는 자는 누구인가'에 대한 대답은 이제 없다. 그러므로 우리나라에서 제일 큰 섬의 수강생들의 답변 중 50퍼센트는 옳다.

"우주는 한순간에 탄생했다"고 말한 스티븐 호킹도 확률상 50퍼센트 이상 옳다. 내가 누구인지 말할 수 있는 자가 100분의 50도 안 되므로, 우주가 무엇인지 말할 수 있는 자는 100분의 50 이하일 것이다.

갈릴레오가 세상을 떠난 지 정확히 300년 되는 해인 1942년에 태어난 스티븐 호킹은 알버트 아인슈타인 이후 가장 뛰어난 이론 물리학자로 꼽힌다. 스티븐 호킹의 『시간의 역사』를 읽었다. 여기에 이해하기 쉽게 도표와 일러스트를 덧붙여 『그림으로 보는 시간의 역사』라는 이름으로 책이 나왔다. '그림으로 보는'이란 문구가 제목에 있다 해서 어린이용이라고 생각하면 오산이다. 나 같은 물리 문외한에게는 어려운 책이다. 나는 학교 다닐 때 물리를 잘 못했다(물리 선생님을 싫어해서 그랬던 건 아니다).

다행히 스티븐 호킹은 이렇게 말한다. "뉴턴의 시대에 어느 정도 교양이 있다는 사람들은 최소한 개괄적으로라도 인류의 전체 지식을 파악할 수 있었다. 그러나 그 이후로 과학의 빠른 발전 속도는 이런 일을 불가능하게 만들었다. 새로운 관측 결과를 설명하기 위해서 이론들이 끊임없이 바뀌고 있기 때문에, 이론들은 결코 일반인들이 이해할 수 있을 정도로 적절히 이해되고 단순화될 수 없다. 여러분이 전문가가 되지 않는 한 과학 이론들의 극히 작은 일부라도 온전히 이해하는 것은 꿈도 꿀 수 없을 것이다."

사실 나는 스티븐 호킹의 이 책을 읽으면서 '극히 작은 일부라도 온전히 이해하길' 바랐다. 그러나 그가 "극소수의 사람들만이 급속하게 진전되는 지식의 최전선을 따라잡을 수 있으며, 그러기 위해서 그들은 자신들의 모든 시간을 연구에 쏟아붓고 또한 좁은 분야로 그 연구를 한

정시켜야 한다"고 말을 하는 대목에 이르러서는 절망과 동시에 안심했다(스티븐 호킹은 위의 말을 책 끝에 가서야 한다. 서문에 그렇게 써주었더라면 좋았을 걸!)

우주란 무엇인가

이 책에 대한 두 가지 평이 있다. "미국에서는 배관공과 푸줏간 주인까지 『시간의 역사』를 읽었다"는 것과 "가장 많이 팔렸지만 가장 읽히지 않은 책"이라는 것이다. 실제로 이 책은 40개 국어로 번역되어 900만 부 이상 판매되었다. 그러나 1991년 〈인디펜던트Independent〉 지는 "이 책의 성공을 둘러싼 수수께끼는 우주의 기원에 얽힌 수수께끼만큼이나 종잡을 수 없다"고 했다.

스티븐 호킹은 이 책 전체를 통해 자신이 단지 딱딱하고 어려운 물리학자인 것만은 아니라는 사실을 반증한다. 다음 같은 구절을 통해.

> 나는 백조자리 X-1이 실제로는 블랙홀을 포함하지 않는다고 캘리포니아 공과대학의 킵 손에게 내기를 걸었다! (중략) 나는 블랙홀에 대해서 많은 연구를 했다. 그러므로 만약 블랙홀이 실제로 존재하지 않는다는 사실이 증명된다면, 그동안의 나의 노력은 모두 수포로 돌아갈 것이다. 그러나 설령 그런 불행한 사태가 벌어진다 해도, 내기에 이겼다는 사실로 약간의 위안을 받을 수는 있을 것이다. 그 내기에 이기면 나는 〈프라이비트 아이Private Eye〉(영국의 시사 잡지—필자 주)라는 잡지

를 4년간 무료로 받아보게 된다 (중략) 그러나 (관측 증거를 통해) 나는 내기에 졌다고 인정하지 않을 수 없었다. 나는 약속된 벌칙을 이행했다. 그것은 〈펜트하우스Penthouse〉 1년치 정기 구독권이었는데, 덕분에 손의 아내는 불같이 화를 냈다."

스티븐 호킹이 이 책을 통해서 던지는 질문은 이것이다. 시간과 공간의 시작은 있는가? 그 시작의 모습은 무엇인가? 우주는 언제 어떻게 시작 되었나? 우주는 언제 어떻게 끝날 것인가? 우주는 한 순간에 빅뱅의 모습으로 탄생했다가 또 다른 순간에 소멸하는 것은 아닐까?

이 질문에 우리 시대 최고의 과학자는 날카로운 이성으로 하나하나 답해간다. 그는 인간의 인식을 신뢰한다. 우주의 존재와 탄생에 관한 질문을 풀기 위해 '누군가 그것을 창조했다'는 답은 일단 보류한다. 우리가 가진 오성과 감성을 끝까지 밀고 나가보자는 것이다.

최근 스티븐 호킹은 한 인터뷰에서 말했다. 신은 없다고.

신은 있는가, 없는가. 신이 우리의 부름에 대답한 적이 있는가. 어떤 이는 그렇다고 말하고, 어떤 이는 그렇지 않다고 말한다(늘 그렇지만 반반이다). 그렇다면 신은 자의적 존재인가. 보편적이고 일반적 존재가 아니란 말인가.

기독교 신자인 정수에게 스티븐 호킹 이야기를 하자 이렇게 대답한다. "지옥에 그 자의 자리가 이미 마련되어 있다"고. 정수는 종교 모독의 기운이 있는 『다빈치 코드』의 작가 댄 브라운에 대해서도 이렇게 말했다. "댄! 그 자식의 자리는 지옥 끝 9층에 세팅되어 있다"고.

나는 내 친구 정수를 존경한다. 누군가 무언가에 골몰해있을 때, 나는 그를 존경한다. 몰입해 있는 모든 신앙인들을 존경한다. 그러나 나는 지금껏 아무 것에도 몰두해본 적이 없으므로, 아무도 나를 존경하지 않는다. 다만 한 사람, 그녀만이 나를 사랑한다. 하지만 나는 존경을 버리고 기꺼이 사랑을 택하련다.

스티븐 호킹이 말한 신이란 언표가 부담스럽다면 이렇게 말해보자. 우주에는 질서가 있는가? 그 질서는 정연한 것인가? 그 질서에는 시작과 끝이 있는 것인가? 혹은 우주는 늘 그러한 상태로 있어왔는가, 아니면 우주는 늘 변화해왔는가?

나는 이렇게 묻고 싶다. 그런데 그딴 게 도대체 내 섹스와 무슨 상관인가? (아, 난 왜 이럴까.) 좀더 고상하게 말해보자. 그게 내 생식과 무슨 상관인가? 내 유전자와 무슨 관계인가? 우주가, 도대체 내가 먹고사는 문제와 무슨 상관이 있단 말인가! 이 질문에 답해주시라.

『시간의 역사』에 따르면, 우주는 150억 년쯤 전에 생겼다. 그리고 앞으로 150억 년 뒤에는 소멸한다. 사실 과거로든 미래로든 위의 시간들은 우리와 무관하다. (설마, 당신이 150억 년 뒤에도 영향력을 미칠 거라 생각하는 건 아니겠지?) 무관하다는 사실은 참이다. 그런데 우리는 무관하다는 사실을 알면서도 150억 년 전과 150억 년 후의 일에 대해 질문을 던진다.

스티븐 호킹이 궁금해하는 것은 이런 것이다. 150억 년 전의 우주는 어떤 모습이었을까? 우주는 그때 정말 처음 생겨났을까? 그때 우주와 함께 시간이 시작되었다면 그 이전에는 무엇이 있었을까? 우주는 고정되어 있을까, 팽창하고 있을까? 우주가 팽창한다면 어디까지 팽창할까?

스티븐 호킹이 우주의 모습에 대해 연구하면서 그 해답의 실마리를 찾은 것은 아이러니하게도 양자역학이었다. '분자 → 원자 → 원자핵과 전자 → 양성자와 중성자'로 이어지는 극한적인 미시 세계가 우주의 존재와 기원에 관한 궁금증을 풀 수 있는 열쇠였다.

양자역학은 '어떤 입자의 위치와 속도 둘 다를 정확하게 측정할 수는 없다. 둘 중 하나를 정확하게 알수록 나머지 하나는 불확실해진다'는 이론을 바탕으로 한다. 양자란 파동이 방출되거나 흡수될 수 있는, 나눌 수 없는 단위를 말한다. 파동wave은 또 뭔가? 사람들은 빛이 파동인지, 입자인지를 놓고 씨름했다. 파동은 물결이고 입자는 알맹이다(내가 이해한 바로는 그렇다. 더 이상의 설명을 원하는 건 아니겠지……?). 양자역학에서는 입자와 파동 사이에 아무런 구별이 없다고 말한다. 빛도 파동이면서 동시에 입자라는 것이다. 아아…… 도대체 나는 이 책을 이해하기나 한 것일까. (이쯤 되면 내 설명은 블랙홀로 빠져든다.)

> 사건의 지평선(블랙홀의 경계)에서는 아무것도 빠져나올 수 없다고 알려져 있는데도 불구하고, 블랙홀이 입자를 방출하는 것처럼 보이는 것이 어떻게 가능할까? 양자역학이 우리에게 주는 답은 입자들이 블랙홀 속에서 나오는 것이 아니라 블랙홀의 사건의 지평선 바로 바깥쪽에 있는 빈 공간에서 나온다는 것이다! 우리는 이 사실을 다음과 같이 이

해할 수 있다. 우리가 비어 있다고 생각하는 곳도 완전히 비어 있을 수는 없다.

이 대목에 이르니 『금강경』의 한 구절이 떠오른다. "수보리야, 중생은 중생도 아니고, 중생이 아닌 것도 아니다. 왜 그러한가? 수보리야, 여래가 중생이 아니라고 한 것은 진실로 중생이기 때문이다."

우리가 질문을 멈출 때

사람들은 별의별 질문을 다 한다. 인간이라는 피조물은 피곤한 존재다. 자신이 어디에서 왔는지도 알지 못 하면서 우주의 시원을 알려고 한다. 내일 일어날 일도 모르면서 시간의 끝을 궁금해한다. 1년 전도 기억하지 못하면서 150억 년 전을 연구한다.

내가 신이라면, 인간은 지구에 더 이상 적합하지 않은 존재라고 판단했을 것이다. 분명 이 피조물을 다른 피조물로 대체하겠다고 마음먹을 것이다. 물론 인내심을 갖고 조금은 기다려줄 것이다. 한 1억 년쯤. (신의 시간, 우주의 시간은 우리가 생각하는 시간 개념과는 다르다. 다행이다.)

나는 스티븐 호킹에게 이렇게 묻고 싶다. 과연 우리의 인식은 확고한 것인가? 사랑할 때 우리의 인식은 확고한 것인가? 사랑을 잃었을 때 우리의 인식은 확고한 것인가? 죽음 앞에서 우리의 인식은 확고한 것인가? 삶 앞에서 우리의 인식은 확고한 것인가? 사랑하는 사람이 죽고 우리는 살아야 한다면, 그때의 우리의 인식은 확고한 것인가? 아니, 우리의 인식은 인식인가.

나는 유신론자도 아니고 무신론자도 아니다. 지금 내가 말하는 이 순간은 언제인가? 내가 유신론자라고 말하는 것과 신의 유무는 상관이 있는가? 내가 무신론자인 것과 무신의 증명 가능성은 관계가 있는 건가? 우리가 안다고 하는 것은 무엇인가? 우리는 무엇인가를 알고는 있는가? 우리가 알아야 할 것은 무엇인가? 우리는 무엇인가를 알 필요가 있기나 한 건가? 우리는 무엇에 대해 알 수 있는 존재인가!

질문은 꼬리에 꼬리를 문다. 스티븐 호킹도 이 질문에 다 답할 수는 없을 것이다. 그는 나와 더불어 질문할 것이다. 나는 단언한다. 우리는 질문하는 한 살아 있다. 우리는 질문하는 존재다. 우리가 질문을 멈출 때…… 우주는 멈춘다.

스티븐 호킹은 "우리가 현재 관측 가능한 은하만 1조 개"라고 말했다. 은하란 게 태양계가 속해 있는 광활한 별 집단인데 그게 1조 개라고? 그것도 관측 가능한 것만? 빛의 속도로 10억 년을 달려야 만날 수 있는 은하에서 지구를 보면 어떻게 될까. 지구가 모래알로 보이지 않을까? 그럼 그 속에 사는 우리는?

당신이나 나나…… 먼지다. 내가 이 글을 쓰는 동안 내 아내는 밥을 짓고 빨래를 하고 청소를 한다. 나는 그녀에게 이렇게 말한다.

"당신 이거 알아? 우리 태양은 은하수라 부르는 우리 은하를 구성하는 1,000억 개 별 들 중 하나일 뿐이야. 은하수는 또 국부은하군에 속한 수많은 은하 중 하나이고, 국부은하군은 다시 은하단 속의 수천 개 은

하들 중 하나야. 은하단은 지금까지 알려진 우주 구조 가운데 가장 큰 것이지. 우주란…… 무한하고 끝이 없는 것이야. 거 참, 우리가 얼마나 보잘것없는 존재인지 알겠지?"

나는 "내가 어제 새벽 2시에 들어온 것 정도는 아무것도 아니야."라고 덧붙이고 싶었다. 그녀는 다만 이렇게 답한다. "밥이나 퍼요."

밥은 우주보다 더 중요하다. 확실히.

스파르타인을 보다

*

헤로도토스, 『페르시아 전쟁사』

프랑스 소설가 아나톨 프랑스는 고전을 두고 누구나 그 가치를 인정하지만, 아무도 읽지 않은 책이라고 말했다. 어느 날 나는 사놓고는 오랫동안 책장에 꽂아두기만 했던 헤로도토스의 『페르시아 전쟁사』를 꺼내 들었다. 한데 와우! 너무 재미있다. '역사의 아버지'라고 칭송받는 헤로도토스는 이 책에서 다음과 같은 흥미로운 사실을 전한다. (괄호 안은 나의 생각)

> 능묘 기둥에는 당시 공사 자금을 기부했던 사람들의 이름이 새겨져 있다. 기부자는 주로 리디아 각지의 상인과 기술자 등 일반 시민이었다. 여기에서 특이한 점은 기부자 가운데 매춘부의 수가 꽤 많다는 사실이다. 리디아에서는 노동자 계급의 처녀들이 결혼하기 전에 몸을 팔아 혼수를 장만하는 풍속이 보편화되어 있었기 때문이다. (그때나 지

금이나 혼수가 문제다.)

(중략)

바빌론의 가장 추악한 관습은, 모든 여인이 일생에 한 번은 반드시 비너스 신전에 가서 얼굴도 모르는 외간 남자와 몸을 섞어야 한다는 것이다. (중략) 남자들이 마음에 드는 여자에게 은화를 던지며 이렇게 말한다. '내가 신의 이름으로 너에게 축복을 내리겠다' 그러면 여인은 어떠한 경우에도 이를 거부할 수 없다. (중략) 외모가 아름다운 여성은 다행히 집에 빨리 돌아갈 수 있지만, 못생긴 여인은 한참을 신전에서 보내야 했다. (그때나 지금이나 외모를 따지는 남자들이 문제다.)

(중략)

마사게타이족은 일정한 나이가 되면 집안 사람에게 살해되어 그 시체가 연회의 고기 재료로 쓰였다. 마사게타이인들은 이것이 가장 행복한 죽음이라고 생각했다. 반면에 살해되지 못하고 그 전에 병사하는 것을 오히려 큰 불행으로 여겼다. (그때나 지금이나 육식이 문제다?)

테르모필레 전투

왜 헤로도토스를 역사의 아버지라고 하는 것일까? 그의 방대한 지식과 풍부한 여행 경험, 구체적인 저술이라는 외적인 업적과 더불어 다음과 같은 냉철함 때문이 아닐까?

"바빌론의 제우스 벨로스 신전 안에는 화려하게 장식된 침상이 있고 그 곁에는 황금 탁자가 놓여 있다. 신이 직접 선택한 토착인 여자 한 사람을 제외하면 누구도 이곳에 머무를 수 없다고 한다. 사람들은 가끔 신이 친히 이곳에 내려와 휴식을 취한다고 하는데, 나는 그 말을 믿지 않는다."

지금으로부터 2,500년 전은 신화와 전설과 미신의 시대였다. 그러나 헤로도토스는 그러나 자신의 이성으로 믿을 수 없는 것은 믿을 수 없다고 썼다. "(사모스 사람들 중 일부가) 폴리크라테스를 격파했다고 하지만, 나는 그 말을 믿지 않는다. 그랬다면 군이 스파르타에 구원 요청을 할 필요도 없었을 테고, 더욱이 휘하에 뛰어난 용병과 궁수를 거느린 폴리크라테스가 쉽게 패배한다는 것도 이해할 수 없기 때문이다." 이처럼 당시의 객관적인 상황에 비추어 앞뒤가 맞지 않는 이야기를 그는, '나는 이 말을 믿지 않는다'라고 덧붙여 전했다.

나 같으면 이렇게 썼을 것이다. '김일성 장군이 북한을 해방하기 위해 낙엽을 타고 압록강을 건넜다고 한다. 그러나 나는 그 말을 믿지 않는다' (대학 시절, 주사파였던 내 친구는 이 말을 정말로 믿었다.) '라캉이 성적관계 같은 것은 존재하지 않는다고 말했지만 나는 그 말을 믿지 않는다. 영원한 사랑이 있다고 한다. 그러나 나는 그 말을 믿지 않는다.'

헤로도토스의 『페르시아 전쟁사』는 기원전 490년부터 50년 동안 페르시아와 그리스 도시국가 연합 사이에 있었던 전쟁에 대한 기록이다. 여기에 역사가는 이집트와 흑해 연안, 아라비아 반도, 리비아 등을 여행하며 수집한 인문지리적 사실에 대한 충실한 보고를 덧붙인다. 내 생각으로는 페르시아 전쟁사의 가장 감동적인 부분은 스파르타 군이 주축이 된 '테르모필레 전투' 장면이다.

페르시아의 황제 크세르크세스는 아버지 다리우스의 뒤를 이어 기원전 481년에 그리스를 침공한다. 그는 당시 세계라고 알려진 지역의 대부분을 지배하고 있었다. 지금의 이집트, 아라비아, 터키, 이란, 인도, 흑해 연안 등. 신의 황제이자 신 그 자체로 추앙받던 그는 스스로 세상의 모든 곳을 지배해야겠다는 생각을 품고 있었다. 끝이 보이지 않는 땅과 수천 수레의 보물, 수만 명의 미희들로도 만족할 수 없었던 그는 4년 동안 준비한 끝에 그리스로 진격한다.

헤로도토스는 이때 크세르크세스가 거느린 페르시아 육군의 수가 무려 170만 명에 달한다고 썼다. 현대의 역사가들은 약 10만에서 30만 명 정도 될 것으로 추측한다. "크세르크세스는 원정에 앞서 자신의 목표는 아테네이니 다른 그리스 국가는 흙과 물만 바치면 절대 공격하지 않겠다고 공언한 바 있다. 대부분의 국가는 그의 말을 따랐지만, 스파르타를 비롯한 약 30개국은 아테네와 연합해서 페르시아 군대에 대항하기로 결의했다."

그리스의 상황은? 한마디로 엉망진창이었다. 아테네, 사모스, 코린트, 테베, 스파르타 등은 각기 독립된 나라와 마찬가지였다. 이들은 페르시아가 그리스로 진격해오는 도중 수많은 지역을 이미 복속시켰다는 것, 군대 규모가 엄청나다는 것에 지레 겁을 먹고 내분에 휩싸인다. 이 와중에 그리스의 페르시아 대항 연합군은 육해군으로 나뉘어 각 지역을 맡기로 한다. 가장 급한 곳은 그리스 북부의 테르모필레('뜨거운 문'이라는 뜻)였다. 페르시아 군대가 그리스를 집어삼키기 위해서 반드시 지나야 하는 길목이었기 때문이다. 테르모필레 요새를 지키던 사람은 스파르타 국왕 레오니다스였다. 이 요새 안에는 스파르타 중무장 부대 300명을 포함해 모두 7,000명의 그리스 군대가 포진해 있었다.

헤로도토스에 따르면 170만 명 대 7,000명, 현대 역사가들의 추산에 의거해도 10만 대 7,000의 대결이었다. 크세르크세스는 신중했다. 수적으로 우세한데도 그는 닷새 만에 공격을 명령했다. 테르모필레의 문은 쉽게 열리지 않았다. 3일 동안 치열한 전투가 벌어졌고, 페르시아인 2만 명, 그리스 연합군 4,000명이 죽고 나서야 크세르크세스는 이곳을 지날 수 있었다.

"테르모필레는 지형이 너무 좁아 페르시아 군대가 전차를 움직일 수 없을 뿐더러 군사들조차 제대로 활용할 수가 없었다. (중략) 페르시아 군사들은 높은 지역에서 공격을 퍼붓는 스파르타 군에 속수무책으로 격파되었다. 마음이 급해진 크세르크세스가 페르시아에서 가장 전투력이 뛰어난 불사대를 투입해봤지만 역시 소용이 없었다."

불사대와 스파르타 군이 벌인 전투에 대하여 현대의 역사가인 톰 홀랜드는 그의 저서 『페르시아 전쟁』에서 이렇게 묘사한다.

"스파르타 병사들이 그리스 군의 최강인 것과 마찬가지로 불사부대원들도 대왕이 자랑하는 페르시아 군의 최정예 부대였다. 레오니다스의 근위대는 용기, 힘, 의지 등 스파르타 병사들이 가진 모든 역량을 보여준 것은 물론 기발한 전략적 재능까지 과시해 보였다. 그들은 한 번의 신호로 방향을 돌리고 짐짓 공포감에 허둥대며 도망치는 듯 행동하다, 승리감에 도취한 적군이 일순 방심하여 전열을 흐트러뜨리고 돌진

해 오면, 몸을 홱 돌려 방패의 이를 맞추며 대열을 정비한 다음 적군을 난타했다. (중략) 무더위, 살육, 악취, 파리가 들끓는 와중에 하루 종일 전투를 치르고서도 한 점 흐트러짐 없이 전투에 임하는 스파르타 병사들 앞에서 페르시아 병사들 체면이 말이 아니게 구겨졌다."

테르모필레 전투는 레오니다스 국왕이 전사하면서 막을 내린다. 이후 승리감에 도취된 페르시아 군대는 그리스로 진격하지만 살라미스 해전에서 패해 돌아간다. 테르모필레 전투는 그리스 본토의 육군에게 정비할 시간을 주고, 해전을 준비할 여유를 줌으로써 결국 페르시아 전쟁을 승리로 이끄는 데 결정적인 역할을 했다. 이 전투의 중심에는 스파르타인이 있었다.

조직 앞에 선 개인

스파르타인은 어떤 사람들인가. 그들은 전쟁을 위해 태어나고 단련되고 살아갔다. 스파르타인들은 과연 스파르타 식으로 아이들을 키웠을까? 아이가 태어났을 때 온전치 못하면 정말 죽게 내버려두었을까? 역사상 가장 미스터리한 병영 국가인 스파르타의 진실은 무엇이었을까? 경제사가 험프리 미첼은 1952년에 쓴 책『스파르타』에서 이렇게 말한다.

"플루타르코스에 의하면 남자아이가 태어나면 부족의 장로에게 데려가서 레스케라고 불린 어떤 장소에서 검사를 받았다고 한다. 아이가 건강하고 장애가 없어 보이면, 부모에게 돌려주어 돌보게 하였다. 만약 이 육체적 검사를 통과하지 못하면 그 아이는 아포테아이라 불리는 타이게토스 산록의 깊은 구렁에 죽게 내버려두었다."

모든 스파르타 남자들은 일곱 살이 되면 아고게Agoge라는 병영학교에 들어간다. 이곳에서 열아홉이 될 때까지 혹독한 훈련을 한다. 주로 전투 능력을 향상시키는 훈련을 하고, 춤과 음악, 문학과 철학도 함께 배웠다. 더불어 채찍을 맞으며 견디는, 엽기적인 인내심 훈련도 거쳤다. 열아홉 살부터는 전투에 투입되며 예순이 될 때까지 예비군이든 현역이든 실제 전쟁에 참가했다.

스파르타인들의 모토는 이런 것이었다.

'조국을 위해 죽는 것은 기쁘고 아름답다.' '스파르타인들은 눈물을 보여선 안 된다.' '전투에 임하여 절대 물러나거나 항복해선 안 된다.' (신라시대 화랑도 이런 좌우명을 가지고 있었다. 임전무퇴.)

나는 헤로도토스의 『페르시아 전쟁사』를 읽고 나서 프랭크 밀러 원작, 제라드 버틀러 주연의 영화 〈300〉을 봤다. 이 영화는 테르모필레 전투를 소재로 만든 것이다. 영화가 나왔을 때 몇몇 바보들은 이렇게 평했다.(괄호 안은 필자 생각)

"근육질 남자들의 잔혹한 학살 파티." (이 영화는 근육이나 자랑하려고 만든 게 아니다.)

"동서양의 대결을 서구인의 시각으로 압축한 것. 제국주의적 냄새가 난다." (니 평이 더 제국주의적이다. 짜샤.)

"무식한 남자들의 마초 드러내기." (이런! 영화에 나오는 스파르타 여왕 고르고의 역할을 너무 무시하시네.)

〈300〉은 페르시아 전쟁에 관한 영화다. 테르모필레 전투에 관한 영화이고 스파르타와 레오니다스에 관한 영화다. 나는 이 영화가 2006년 개봉했을 때 극장에서 봤다. 그리고 오늘, 『페르시아 전쟁사』를 읽고 나서 다시 한 번 봤다.

역시 대단한 영화다. 나는 제라드 버틀러가 소화해낸 레오니다스 왕에게 완전 감정이입했다. 그는 "페르시아 국왕에게 항복해라. 그럼 너의 나라는 그냥 다스리게 해줄게."라고 말하는 크세르크세스의 사자使者를 우물에 밀어넣어 죽인 후, 자신의 정예부대 300명만 이끌고 전선으로 떠난다. 왕비인 아내와 헤어질 때도 눈물 한 방울 보이지 않는다. 왕비 역시 슬픔을 내비치지 않는다. 그녀는 이렇게 말한다. "꼭 돌아오세요. 살아서든 죽어서든."

대단한 여성이다. 고르고 왕비는 왕이 전선으로 떠난 뒤, 전쟁을 반대하는 스파르타 의회 의원들을 설득하러 돌아다닌다. 더 많은 군대를 파병하여 왕을 도울 수 있도록. 그러나 절체절명의 순간에도 정치인들은 갑론을박한다. 어디나 마찬가지다. 적이 쳐들어와도 몸으로 싸우는 놈이 있고 입으로 싸우는 놈이 있다.

레오니다스는 전장으로 떠나며 왕비에게 이렇게 말했다고 한다. "좋은 남자 만나서 다시 아들을 낳아라. 그래야 스파르타를 지키는 군인 한 사람을 길러낼 수 있으니까." 그 부인에 그 남편이다.

영화 〈300〉의 전투 장면을 보라! 예술이다. 누구는 그래픽 아트의 극한을 볼 것이고, 누구는 피 튀는 잔인함을, 누구는 제국주의를, 누구는 힘의 논리를 볼 것이다. 나는 〈300〉을 보는 내내 속으로 울었다.

100만 대군의 페르시아 군 앞에 초라하게 서 있는 스파르타 병사들. 그들은 바로 조직 앞에 서 있는 개인이었다. 갑의 횡포 앞에 움츠러든 을이었다. 조직에 속해 있지 않은 프리랜스였다. 있는 자들 밑에 수그린 없는 사람들이었다. 그리고 아내 앞의 남편이었다!

스파르타 병사들이 가진 것은 투구와 창, 붉은색 외투뿐이었다. 페르시아 군에 비해 그들은 머릿수로나 창검으로나 보급물량으로나 절대적으로 열세였다. 그러나 그들은 강인했다. 어느 누구도 물러서거나 항복하지 않고 기꺼이 테르모필레에서 싸우다 죽기를 원했다. 비록 전투에서는 졌으나 그들은 페르시아 군보다 강했다. 그러므로 300의 후예라고 착각하는 나, 프리랜스이자 을이자 없는 자이자 남편인 나는 외친다. "나는 죽어도 물러서거나 항복하지 않는다!"

옆방의 아내가 듣지 못하게 작은 소리로 말했음은 물론이다.

자신을 버리고 다른 것과 바꾼 여인

*

전경린, 『황진이』

청초 우거진 골에 자는다 누웠는다
홍안은 어데 가고 백골만 묻혔는가
잔 잡아 권할 이 없으니 그를 슬허하노라
— 임제

폭발할 것 같은 여름이다. 이런 날들이 계속되다간 죽을 것 같다. 나는 황진이의 배를 안고 눕는다. 황진이의 다리 사이엔 계곡이 있다. 서늘한 바람이 불어온다. 이상하다. 황진이의 숲은, 더울 땐 시원하고 추울 땐 따뜻하고녀.

황진이는 나의 쌓인 노고를 풀어준다. 입술과 볼과 눈에 입 맞춘다. 지친 어깨와 등과 허벅지를 주물러준다. 무너져 내린 나를 세우고 나를 일으키고 자신의 깊고 깊은 곳에 나를 받아들인다. 나는 내가 가진

선하고 악한 것 잘나고 못난 것을 모두 그에게 쏟아붓는다. 진아, 진아, 황진아.

백호 임제1549~1687는 평안도사로 부임되어 가는 길에, 개성 근처에서 황진이의 무덤 앞에 제사를 지내고 그녀를 기리는 시조 한 수를 읊었다. 임제가 황진이 생전에 교분을 나눴다는 설도 있으나 확실치 않다. 우선 황진이의 생몰년도가 알려져 있지 않기 때문이다.

『황진이』를 지은 전경린은 황진이와 교류한 역사적 인물인 화담 서경덕1489~1546과 양곡 소세양1485~1562의 생몰년도에 비추어 황진이가 대략 1513년에 태어난 것이 아닌가 추측한다. 그렇다면 임제보다 36년 연상이다. 황진이가 생전에 임제와 만났을 가능성은 희박하다.

임제는 위의 시조 때문에 파직당한다. 서른다섯 한창 나이에 기생을 위한 시 한 수 때문에 공직에서 잘린 그는 "이 같이 좁은 나라에 태어난 것이 한스럽다" 했단다.

어이, 백호 선생! 당신이 설사 21세기 미국에 태어났다 해도 마찬가지야. 당신이 잘한 건 아니라고. 워싱턴에서 텍사스 주지사로 부임되어 가는 길에 애틀랜타에 들러 옛날에 당신 선배들이 자주 갔던 룸살롱(미국에 이런 게 있는지는 모르겠지만) 마담의 무덤 앞에서 그녀를 기리는 시를 쓰고 추모했다고 쳐봐. 당신은 당장 모가지야. 내 말은 당신이 뭔데 사귀지도 않았던 여자 무덤에 가서 시를 쓰냐는 말이지. 설사 사귀었다 쳐. 일단 부임지에 가서 일을 보다가 공휴일이나 휴가에 조용히 찾아와서 시조를 남기든지, 애통해해야 할 거 아냐. 공과 사는 딱딱 구분해줘야지. 당신 부임지로 가는 길에 말이나 나귀 뭐 이런 거 타고 갔지? 그거 나라에서 내준 거 아냐? 왜 그거 타고 기생 무덤에 가? 지금으로 치면 공용 리무진 타고 국민 세금으로 넣은 기름 채우고 사적인 일 한 거나 마찬가지라고.

뭐? 당대의 로맨티스트 백호를 뭐로 아느냐고? 어이, 임 선생. 로맨티스트는 예나 지금이나 팍팍한 세상에서 인정받기 힘든 타이틀이야.

조선 최고의 명기, 황진이

전경린의 『황진이』로 돌아가자. 이 소설…… 아름답다. 관능적이다. 흥분된다. 야하다. 잘 읽힌다. 황진이의 생애에 대해 작가는 이렇게 말한다.

"기록에 따르면 진은 황 진사와 거문고 명인인 맹인 기생 사이에서 태어났다. 천자수모법이 엄격하게 지켜진 폐쇄적인 신분 사회였던 조선시대에 양반 아버지와 천기 사이에서 태어난 진의 신분은 곧 생을 재단하는 운명이 된다. 양반의 피를 받은 진은 그나마 좀 더 안일한 선택을 할 수도 있었을 것이다. 보통의 서녀들처럼, 첩이나 후처가 되어 우중의 나비처럼 양반가의 처마 밑에서 쇠약하게 붙어살거나 제도에 편승해 미모를 도구로 신분 상승을 도모해볼 수도 있었을 것이다. 그러나 진은 발을 성큼 내리 딛어 천지간에 홀로 섬으로써 자신의 역사를 시작했다. 500여 년 전 조선시대 한 여인이 신분 위주, 남성 위주의 제도와 숨 막히도록 유교적인 사회 인습을 단숨에 뛰어 넘어 제도권 바깥으로 훌훌 걸어 나가 어디에도 속하지 않는 본질적 자유혼의 삶을 살고 간 것이다."

전경린은 황진이가 “우리 역사의 중세에 태어나 자결적 생애를 살고 간” 부분이 소설을 쓰는 데 중요한 영감을 주었다고 한다. 또 “자기 결정에 혹독할 만큼 충실한 삶을 살고 간 점”이 소설을 쓰면서 가장 귀하게 여긴 지점이라 한다. “자애는 자신을 버리고 다른 것과 바꾼 사람이 얻는 삶의 궁극적 조건”이라고. 그리고 “오래전에 진의 유언을 읽었을 때 나는 그녀가 역설적으로 큰 자애에 이른 것을 알 수 있었다”고.

황진이의 유언은 이런 것이었다. “내 죽거든 관을 쓰지 말고 시체를 동문 밖 길가에 버려 개미와 까마귀와 솔개의 밥이 되게 해 천하 여인들로 하여 경계케 하라”

과연 어떤 사람이 이런 말을 남길 수 있을까? 황진이만이 남길 수 있는 냉기의 첨언이다. 이런 궁극의 자아, 허무의 자결, 일체의 무아를 소유한 여인이기에 그녀의 몸은 뜨겁기도 하고 차갑기도 하다.

기실 모든 여자의 육신은 덥고도 춥다. 여자는 자신의 혈액을 스스로 데우기도 하고 식히기도 한다. 그 오묘하고도 무쌍한 온도조절장치의 핵심은 남자의 마음에 있다. 사랑하는 사람을 위해 여성은, 여름에는 자신의 체온을 낮추고 겨울에는 자신의 체온을 높인다. 저체온증에 걸려 헛것을 보는 한이 있어도, 신열에 들떠 헛소리를 해대는 한이 있어도 여성은 자기를 버려 그를 살리려는 자율적 변온을 멈추지 않는다. 왜? 그네들의 본질이 모성이어서다(그러나 우리의 마음이 그에 부합하지 않으면 변온은 기능을 멈춘다. 그저 내내 한랭이다. 여자가 한을 품으면 어떻게 되는지 잘 알지 않는가? 그러니 제발 좀 잘 하자, 남자들아).

황진이가 열다섯이 되던 해, 동네 총각이 그녀 때문에 상사병에 걸려 죽고 만다. 이 철없는 자식(그의 엄마 마음을 헤아려보라. 한창 대학입시 공부할 나이에 옆집 여중생한테 마음을 빼앗겨 시름시름 앓다가 죽었다면? 이런 쓸모없는 죽음이 어디 있겠는가!)의 상여가 진의 집 앞에서 움직이지 않는 해괴한 일이 벌어진다. 상여꾼들은 진의 속적삼을 상여에 올려야 한다고 우긴다. 아무리 서녀라지만, 황진이 부모의 맘을 헤아려보라. 병약한 옆집 청년을 위해 아직 시집도 안 간 아이의 팬티와 브라 세트를 내놓으라고? 이 사람들이 제정신인가?

그런데 진이는 내공 깊은 도사처럼 산전수전 다 겪은 아낙처럼 속옷을 내어준다. 이때 이미 마음을 비운 거다. 그 후 그녀의 선택은? 돈 많은 어르신의 셋째 부인도 아니요, 이름난 부잣집 첩실도 아니요, 살 만한 중인의 후처도 아닌, 기생이었다.

그리하여 조선 최고의 명기가 된 황진이는 서경덕, 박연폭포와 더불어 송도삼절이라 불렸다. 노래와 시, 거문고에 뛰어났을 뿐더러 모두가 칭송할 만한 천하의 용모를 가졌다고 전한다. 그녀는 어떤 여자였을까. 황진이가 기생이 되었을 때 점쟁이는 말한다.

"두렵다. 그대 앞에서는 누구도 자신을 사랑할 수 없으니. 그대 앞에서는 모두가 자신을 부끄럽게 여겨 비굴해지고 결핍감으로 자신을 잃게 되고 눈을 마주치지 못한 채로 비스듬히 훔쳐보느라 목이 마르리라. 그로 인해 그대 또한 자신을 사랑할 수 없으니, 그런 것을 일컬어 미인박명이라 하는가. 그대는 천하에 고루 사랑을 나누어주고 천하의 사랑을 모두 받으라. 그것이 그대의 운명이로다."

기생의 얼굴

도대체 어떤 여자이기에? 어떻게 생겼기에? 우리는 송혜교와 하지원으로 황진이를 형상화했다. 2006년 KBS 드라마 〈황진이〉의 주인공은 하지원이었고, 2007년 장윤형 감독이 만든 영화 〈황진이〉의 주인공은 송혜교였다. 아아, 두 여배우 모두 아름답지만 역시 상상력은 실제를 앞서 가나보다. 내가 꿈꾼 황진이는, 미안하지만 송혜교도 하지원도 이효리도 아니다. 내가 꿈에서 본 황진이는, 그녀는, 그 숨 막힐 듯 잡아먹을 듯 잡아먹힐 듯한 모습의 주인공은…… 김태희다. 미안하다.

황진이가 처음 손님을 받는 날, 선생 기생인 옥섬은 당부한다. 조선시대 스타일의 방중술이랄까, 남자를 받아들이는 법에 대해 이렇게 말한다.

"우선 그분을 마음 깊은 곳으로부터 사모하고 그 존재를 감사해야 하느니라. 다음으로는 침착하고 느려야 한다. 네가 급해지면 그분도 급해질 것이다. 네가 연해지면 그분도 연해질 것이며, 네가 뜨거워지면 그분도 뜨거워질 것이고 네가 깊어지면 그분도 역시 깊어질 것이다. 사내가 두 팔로 안으면 너는 열두 개의 팔로 안아야 하느니라. 사내가 설사 독을 주어도 너는 꿀을 내놓아야 하느니라. 네 몸을 맡긴 뒤에는 뒤로 세우든, 뒤집어 누이든, 거꾸로 타든 무엇이든 거절하지 말아라. 설사 작은 칼로 네 살점을 떼어가려 해도 맡겨야 하느니라. 알겠니?"

요즘 같으면 이렇게 말했으리라.

"다양한 체위를 연구하거라. 후배위든, 횡배위든, 69 스타일이든 거절하지 말아라. 설사 채찍을 들고 때리려 하거나 면도칼로 살짝 피를 내려 하는 변태라 해도 무작정 맡겨야 하느니라. 사도마조히즘의 세계는 참으로 다양하나니……"

정말 기생되기 힘들었겠다. 노래 잘 해야지, 춤 잘 춰야지, 거문고 타야지, 거기다 침대 위에서도 한 기술을 발휘해야 했으니.

소설 『황진이』는 그녀가 다양한 남자와 만나고 헤어지면서 자신을 찾아가는 과정을 그린다. 그녀가 교류한 남자들은 당시의 상류층이었다. 조선시대의 기생은 백정과 더불어 최하층민이었으나 백정과는 또 다른 의미를 지닌 신분이었다. 박종성의 『백정과 기생』에는 이런 구절이 있다.

> 조선의 정치 권력은 (중략) 준엄한 도덕률에 자신을 묶고 피지배 민중의 반도덕적 행태나 지배 세력의 비도덕성 모두를 엮어 결코 피하지 못할 함정 속으로 한꺼번에 빠뜨리고 마는 모순에 직면한다. 기생들이란 바로 이 함정의 곁에서 이들을 본능적으로 조종하거나 정치적으로 이용한 역설의 특수 천민이었다. (중략) 이들은 권력이 금하고 있던 남성 사대부의 체통 훼손을 강하게 유인하거나 경우에 따라 파멸과 붕괴의 나락으로 인입, 실제로 전부를 잃게 함으로써 치명적 손상의 계기를 만들기도 한다. (중략) 양반과 지주, 관료 집단에게 기생은 규범과 제도로는 멀리할망정, 본능과 욕구로까지 견제할 수는 없었다. 조선조 문화 권력의 한 단위였기 때문이다.

나는 이 소설을 읽고 문득, 조선시대의 기생들이 정말 그렇게 예뻤는지 궁금해졌다. 마포평생학습관 문헌자료실을 뒤지던 나는, 김영희가 쓴 『개화기 대중예술의 꽃, 기생』을 발견했다. 이 책에는 1914년 〈매일신보〉가 연재한 '예단일백인藝壇一百人'이란 제목의 기사 100편이 실려 있었다. 당시 활약했던 예인 100명을 사진과 함께 소개한 것이다. 흥미로운 것은 예인 100명 중 92명이 기생이었다는 사실이다. 불과 1세기 전까지, 노래와 춤을 팔기 위해서는 자신의 몸도 내놓아야 했던 것이 엔터테이너의 슬픈 운명이었다. (여기서 잠깐, 21세기 엔터테이너의 슬픈 운명을 안고 스스로 목숨을 끊은 한 여성 연예인을 생각하며 잠시 숙연해지기로 하자.)

개화기 기생들의 이름도 흥미롭다. 춘홍春紅, 란향蘭香, 취옥翠玉, 금홍錦紅, 월희月姬, 도화桃花……. 중국집 이름 같기도 하고, 살짝 야하기도 하고, 싼티 나기도 하고, 우습기도 하다. 그렇다고 해도 당시엔 세련된 이름이었으리라. 이중 한 기생을 소개하는 기사를 보자.

> 평양 기생 홍경심이라면 모르는 사람이 거의 없는 터이라. 방년 이십 세인데, 열한 살부터 기생이 되어, 시조, 가사, 노래, 잡가와 승무, 검무를 다 배워가지고 화류계에 출신하였는데, 실팍한 얼굴의 연분홍색 같은 살빛은 한 폭의 목단화가 새로 피인듯 하고……. 이름이 평양일경에 낭자하였으니, 청년 남아가 한 번 데리고 놀기를 원하는 바이라.
>
> 〈매일신보〉 1914년 5월 10일

아아, 나는 신윤복이 그린 미인도가 왜 미인이 아닌지 알게 되었다.

(솔직히 난 아무리 들여다봐도 신윤복의 〈미인도〉에 나오는 여자를 미인이라고 인정 못하겠다. 쫙 찢어진 눈, 보름달 같은 볼, 볼륨 없는 몸매…… 그래! 내 여인관은 서구화됐다, 왜?)

사진으로 본 홍경심은 도저히 '실팍한 얼굴'도 '연분홍 살빛'도(흑백이지만 인정 못함) 아니었다. 찢어지기만 한 게 아니라 짝짝이인 눈, 보름달 같은 얼굴, 툭 튀어나온 이마. 아무리 노래와 춤을 잘한다 해도 나는 경심이 같은 여자하고는 술 마시고 놀기 싫다!

변명하지 마

*

플라톤, 『소크라테스의 변명』

어린 시절, 재미있게 읽었던 책이 두 종류 있다. 『세계명작동화』(전 50권)와 『컬러학습대백과』다. 빨간색 하드커버의 『세계명작동화』는 내 저녁 독서의 단골 메뉴였다. 『컬러학습대백과』는 내 생애 최초의 파노라마였다. 일러스트와 사진과 설명이 적절히 배합된 이 책은 어린 나의 지적 흥미를 충족시켰다. 두 책 모두 계몽사에서 나온 것이었다(이렇듯 좋은 책을 낸 출판사는 지금 어떻게 되었을까?).

『컬러학습대백과』에 따르면, 세계 4대 성인은 예수, 석가, 공자 그리고 소크라테스다(도대체 4대 성인 같은 타이틀은 누가 정하는 걸까?). 하지만 예수, 석가, 공자에 비해 소크라테스에 대해 우리가 아는 것은 극히 적다. 그에 대해 아는 것은 '그리스의 철학자', '플라톤의 스승' 정도다. 그 이상 알고 있는 사람은 철학 전공자들뿐이다. 나름 책을 좀 읽었다는 나도 소크라테스에 대해 아는 것이 너무 없다. 소크라테스에 대해 무지하다는 것을 아는 것에서부터 나의 소크라테스 알기는 시작됐다.

『소크라테스의 변명』은 그의 제자 플라톤이 썼다. 플라톤은 어떤 사람인가? 역시 내가 아는 지식은 '그리스의 철학자' '소크라테스의 제자'(왠지 다람쥐 쳇바퀴 도는 기분) 정도다. 조금 뒷조사를 해보니 이런 말이 튀어나온다.

"서양의 2천 년 철학은 모두 플라톤에 대한 각주에 불과하다."

영국의 철학자 화이트헤드가 한 말이란다. 아니, 플라톤이 그렇게 대단한 인물이란 말인가. 그런데 소크라테스는 그의 스승이라고? 플라톤은 이 책 말고도 『향연』, 『파이돈』, 『국가』, 『크리톤』 같은 책을 썼다. 그가 쓴 책은 대화 형식으로 이루어졌는데 주인공이 소크라테스다. 그만큼 플라톤에게 소크라테스는 대단한 존재였다.

소크라테스의 말말말

『소크라테스의 변명』은 소크라테스가 아테네의 정적들에 의해 고소당했을 때, 자신의 무죄를 주장하며 재판정에서 한 이야기를 모아놓은 것이다. 소크라테스는 왜 고소당했을까?

소크라테스의 죄목은 두 가지였다. 첫째, 청년들을 부패하게 했다. 둘째, 국가가 정한 신이 아니라 이상한 신을 믿는다. 청년들은 소크라테스의 가르침을 깨닫고자 사색에 잠기는 경우가 많았는데, 고소인들은 그런 청년들의 모습을 타락하여 흐느적거리는 것으로 간주했다. 소크라테스를 고소했던 사람들이 지금 다시 살아난다면 홍대 앞 클럽에서 헤드뱅잉하는 젊은이들을 타락하여 흐느적거리는 것으로 간주할지도 모른다. 그렇다면 그들을 흐느적거리게 한 장기하와얼굴들이나 허각, 존박 같은 친구들도 모두 고소당해야 한다.

소크라테스가 고소당한 이면에는 아테네의 정치적인 음모가 도사리고 있었다. 때는 펠로폰네소스 전쟁에서 스파르타가 승리한 이후, 아테네에 스파르타 식 과두정치가 도입된 시기였다. 30명으로 구성된 과두정권은 공포정치를 실시하면서 소크라테스에게 "소크라테스 식 교육을 그만두라"는 명령을 내린다. 그러나 소크라테스는 그 명령을 거부했다. 권력자들은 소크라테스를 증오했다. 8개월 만에 과두체제가 무너지고 민주주의자들이 권력을 잡자 그들 또한 소크라테스를 증오했다. 소크라테스의 제자들이 과두정치에 관련되었다는 이유 때문이다. 이래저래 소크라테스는 미움을 받을 수밖에 없었다.

『한 권으로 읽는 서양철학사 산책』을 쓴 강성률은 이렇게 말한다. "소크라테스는 평소에 자기가 옳지 않은 일을 할 때는 그것을 반대해 온 내면적인 양심의 소리를 듣곤 했는데, 이것을 두고 아테네 시민들은 그가 새로운 신을 믿는다고 매도했다. 당시 아테네를 지배했던 부정한 야심가들에게 '모든 진리의 기초를 도덕에 둔' 소크라테스는 눈엣가시였던 것이다."

나는 홍신문화사에서 출간한 『소크라테스의 변명』을 읽었는데, 이 책에는 『향연』, 『파이돈』, 『프로타고라스』 등 플라톤의 다른 저작들도 같이 실려 있다. 각 책의 분량은 70쪽 안팎이다(플라톤 시절에는 아직 종이가 없었으니 파피루스나 양피지에 기록했을 듯). 이 책을 읽고 제일 먼저 떠오른 의문은 이런 것이었다. 도대체 플라톤은 어떻게 이 책을 쓴 걸까.

사랑에 대한 대화 편인 『향연』을 보자. 이 책에는 대화하는 사람이 여럿 나온다. 그 중 소크라테스의 제자 아폴로도로스에 대한 해설은 이렇게 되어 있다.

"아폴로도로스 — 아폴로도로스는 향연에서 있었던 사랑에 관한 여러 사람의 변론을 그의 친구에게 말해주고 있다. 아폴로도로스는 그 잔치에 참석한 것이 아니고, 그 잔치에 관하여 아리스토데모스로부터 들었다. 그리고 그 잔치에 대해 글라우콘에게 이야기를 전했다."

아폴로도로스가 아리스토데모스에게 들은 이야기를 글라우콘에게 했는데, 그 이야기를 플라톤이 듣고 기록으로 남겼다. 『향연』은 사랑에 관한 대화와 연설을 기록한 것이다. 아가톤의 집에 시인과 철학자들이 모여 저녁을 먹으며 나눈 이야기를 기록한 것이다. 도대체 아리스토데모스는 일곱 명의 화자가 몇 시간 동안 두서없이 주고받았던 이 긴 대화들을 어떻게 기억하고 있었을까? 아폴로도로스는 또 어떻게 들었으며, 플라톤은 또 어떻게 써나갔을까?

『소크라테스의 변명』도 마찬가지다. 플라톤은 스승이 몇 시간 동안 주절주절 늘어놓은 말을 어떻게 기억하고 책으로 써나간 것일까? 재판에 참석해서 속기로 스승의 자기 변호를 메모해놓은 것일까? 아니면 몰래 녹음기를 가져가 녹음했던 것일까? 그저 들으며 머릿속으로 기억했던 것일까? 미스터리가 아닐 수 없다. 예를 들어 이런 부분을 보자(내가 제일 감동했던 대목이다).

이번에 나에게 일어난 일은 아마 좋은 일인 듯싶으며, 죽는 것을 나쁜 일이라고 생각한다면 그 모든 생각은 결코 옳지 않습니다. 그것이 좋은 것이라는 희망을 가질 만하다는 것을 달리 한번 생각해보기로 합시다. 죽음이란 다음의 둘 중 하나입니다. 즉, 아무것도 아닌 무 자체여서 죽은 사람은 전혀 감각도 없거나, 또는 전해 내려오는 말처럼 영혼이 여기서 다른 곳으로 자리를 바꿔서 옮겨 사는 일 같은 것입니다. 그것이 만약 아무 감각도 없어서 꿈 한 번 꾸지도 않는 잠 같은 것이라면, 죽음은 놀랄 만한 이득일지도 모릅니다. 왜냐하면 만약 사람이 꿈도 꾸지 않을 만큼 깊이 잠들었던 밤을 골라내서, 그 한 밤과 그의 일생중의 다른 모든 밤낮과 비교해보고 깊이 생각한 다음 평생에 몇 낮 몇 밤을 그 한 밤 보다 더욱 좋게 더욱 즐겁게 지냈는지 말해야 한다면, 그런 밤낮은 보통 사람뿐만 아니라 페르시아 왕조차도 겨우 손꼽을 정도 밖에는 찾아내지 못할 것이기 때문입니다.

그래서 죽음이 과연 이런 것이라면, 나는 그것을 이득이라고 말하겠습니다. 그러나 한편으로, 죽음이라는 것이 이곳에서 다른 곳으로 옮겨 사는 것이고, 따라서 죽은 사람은 다 그곳으로 간다는 말이 사실이라면, 이보다 더 좋은 일이 어디 있겠습니까?

오르페우스나 무사이오스나 헤시오도스나 (중략) 호메로스를 만나기 위해서라면 아무리 큰 대가라도 치르려는 사람이 여러분 중에 있을 것이 아닙니까? 과연 그 말이 사실이라면 나는 몇 번을 죽어도 좋다고 생각합니다. 나 자신에게도 그곳에서 지내는 일은 멋진 일일 테니까요.

소크라테스는 죽는 것이 앞서 간 영웅들을 만나는 것이라면 이보다 더 좋은 일이 어디 있겠냐면서 자기가 존경하는 사람들을 줄줄이 읊어 댄다. 보통 사람 같으면 서너 명 정도나 기억할 것이다. 플라톤이 천재라서 그랬을까. 그는 선생의 말을 토씨 하나 놓치지 않고 기록한다. 플라톤의 노고 덕분에, 오늘날 나같이 무지한 사람이 소크라테스의 생사관을 알고 깨닫게 되는 것이다. 죽음은 결코 두려워할 것이 아니라는 것을. 만약 소크라테스가 살아온다면 내게 이렇게 물을 것이다.

"너는 죽음을 아느냐?" "모릅니다." "죽어봤느냐?" "죽어보지 않았습니다." "죽었다가 다시 돌아온 사람 만나봤느냐?" "못 만나 봤습니다." "죽음에 대해 알지도 못하고, 죽어보지도 않았고, 죽었다가 다시 살아온 사람을 만나본 것도 아니면서 왜 죽음을 두려워하느냐?"

그렇다. 우리가 두려워하는 것은 대부분 있지도 않았던 일, 알지 못하는 일, 일어나지도 않을 일들이다. 우리가 서로 싸우는 이유는 대부분 바꿀 수 없는 일, 불가능한 일, 사실도 아닌 것 때문이다.

내가 아는 선배 부부는 일요일만 되면 말다툼을 한다.

"당신은 왜 잠만 자느냐?" "피곤해서 그렇다." "청소라도 해라." "피곤하다." "애들하고 좀 놀아줘라." "피곤하다." "밥 먹어라." "알았다." 밥 먹고 남편은 또 잔다. "왜 또 자냐?" "피곤하다."

다음 주 일요일이 되면 마치 리피트에 걸린 CD처럼 두 사람의 실랑이가 시작된다. "왜 일요일에는 잠만 자냐?" "피곤한 걸 어쩌란 말이냐?" "화초에 물이라도 줘라." "피곤하다니까!"

하긴 소크라테스도 부부 싸움이란 걸 했을 거다. 소크라테스 자신도 인정했다. 그는 능력 있는 남편이 아니었다.

“나는 모든 재산을 버리고, 여러 해 동안 집안일을 돌보지 않고 내버려둔 채, 아무에게나 사사로이 다가가서 마치 아버지나 형처럼 정신을 훌륭히 하는 데에 마음을 쓰도록 타일렀습니다. 이렇게 언제나 여러분들을 위해 일을 하는 것은 평범한 인간의 힘으로는 가능한 일이 아닐 것입니다. 나는 가난합니다.”

소크라테스의 아내 크산티페가 불쌍하다. 그녀는 위대한 철학자 한 사람을 역사에 남기기 위해 혼자 살림을 꾸려야 했다. 생각해보라! 몇 년 동안 집에 돈도 갖다주지 않고 제자들과 어울려 철학 논쟁이나 하는 남편을! 걸핏하면 술에 취해 집으로 친구들을 데려와서 밤새도록 이야기하는 남편을! 누가 좋아하겠는가? (게다가 소크라테스는 추남이었다. 아무래도 이게 크산티페가 소크라테스에게 바가지를 긁은 결정적인 이유인 것 같다.)

죽음을 우습게 알다

소크라테스 재판 당시 배심원들은 500명이었다. 소크라테스는 자신이 결코 젊은이들에게 해를 끼치지 않았으며, 이상한 신을 숭배하지도 않았다고 항변한다. 그러나 소크라테스를 썩 좋아하지 않았던 배심원들은 280대 220으로 소크라테스의 유죄를 선언한다.

유죄 선언 뒤에는 형량을 결정하는 투표를 했다. 원고 측은 사형을 원했고 소크라테스 측에서는 벌금형을 요구했다. 소크라테스의 제자들은 벌금을 내고 어서 자유의 몸이 되라고 소크라테스를 부추겼다. 그러나 소크라테스는 '나에게는 잘못이 없다'며 배심원들을 꾸짖었다. 결국 배심원들은 360대 140이라는 큰 표 차이로 소크라테스에게 사형을 언도한다. 소크라테스는 자신에게 사형을 내린 재판관들을 이렇게 비꼰다.

"이승에서 스스로 재판관이라고 말하는 사람들에게서 벗어나 저승에서 재판을 하고 있다는 참다운 재판관들 미노스, 라다만티스, 아이아코스, 트립톨레모스(미노스, 라다만티스, 트립톨레모스 모두 생전에 현명하고 경건한 생활을 했으며 저승에서는 죽은 자의 재판관이 되었다고 함—필자 주)를 만날 수 있다면 그게 과연 헛된 일일까요?"

말하자면, "야, 이 자식들아! 니들이 무슨 배심원이냐? 난 차라리 저승에 가서 진짜 배심원들을 만나련다." 라는 뜻이다. 이 말을 듣고 소크라테스에게 유리한 표를 던질 사람이 몇이나 될까?

고대 그리스 시대 사형 집행은 해가 질 무렵 이루어졌다. 대개는 해가 진 다음에도 음식과 술을 배불리 먹고 독배를 마셨다. 그러나 소크라테스는 빨리 독배를 가져오라고 재촉했다. 간수에게서 독배를 받아 든 그는, 태연하게 기도를 올리고 원샷으로 마셔버린다. 나는 이 대목에서 고우영 『초한지』의 번어기가 생각났다.

번어기는 진시황에 대항해 난을 일으키다 실패해 연나라에 가 있었다. 자나 깨나 진시황에 대한 복수만을 생각했다. 연나라 왕자 단은 진시황을 암살하기 위해 자객 형가를 부른다. 형가는 "진시황 암살을 위해선 두 가지가 필요한데, 하나는 연나라 지도요, 또 하나는 번어기의 목"이라 말한다. 번어기와 친분이 있었던 단은 "지도는 줄 수 있으나 번어기 목은 내놓기 어렵다"고 답한다. 형가는 지도를 받아들고 번어기의 집으로 향한다. 다음은 그 대목.

형가와 번어기, 테이블에서 커피를 마시며 이야기한다.

"내가 진시황을 죽이려면 꼭 필요한 게 있소. 그걸 당신이 갖고 있는데 줄 수 있소?"

"그게 뭐요?"

"당신의 목이요."

"아, 그래요? 지금 드릴까요?"

번어기, 바로 일어서서 칼을 뽑아 자기 목을 찌른다.

소크라테스나 번어기나 죽음을 코딱지만큼도 두려워하지 않았다. '죽으려는 자는 살 것이요, 살려는 자는 죽을 것이다'라는 말은 남긴 이순신 장군도, 안중근 의사도 죽음을 발바닥의 때만도 못하게 여겼다. 죽음을 우습게 아는 사람일수록 죽은 다음에 오래 기억된다. 그러므로 성인이나 위인은 사는 것에 미련이 많지 않은 사람을 뜻한다. 소크라테스가 제자들의 권유에 따라 간수들을 매수하고 도망쳤다면 오늘날 4대 성인 리스트에 오르지 못했을지도 모른다.

어쩌면 이 책의 제목은 잘못된 것인지도 모른다. 소크라테스는 변명하지 않았다. 오히려 당당하게 자신의 실천의지를 설파하고 있었다. 『소크라테스의 변명』이란 제목을 제자들이 붙인 것인지, 후세 사람들이 붙인 것인지, 오역인지는 알고 싶지 않다. 다만, 성인의 훌륭한 말씀에 변명이라 이름붙인 옹졸함에 대해 이렇게 말하고 싶다.

"변명하지 말란 말이다!"

연산군묘에서

*

박영규, 『한 권으로 읽는 조선왕실계보』

"나는 왕이다!"

1998년 〈타이타닉〉으로 아카데미 작품상을 수상한 제임스 카메론 감독이 수상 소감 첫 마디로 이렇게 외쳤다.

"왕후장상의 씨가 따로 있나!"

고려 무신 정권시절 최충헌의 가노였던 만적은 난을 일으키면서 이렇게 외쳤다.

"왕이 되고 싶다!"

왕의 의무와 임무는 생각하지 않고 왕의 권한만 알고 있었던 명로진이 그동안 해왔던 생각이다. 명로진의 생각은 『한 권으로 읽는 조선왕실계보』(이하 『조선왕실계보』)를 읽고 바뀌었다. 왜?

일단 왕의 하루를 보자. (괄호 안은 필자 생각)

왕의 일과는 해 뜨기 전에 일어나(읍스! 나는 해뜨기 전에 일어나본 적이 없다) 대비나 왕대비 등 어른에게 문안하는 것으로 시작된다. 문안인사가 끝나면 해 뜰 무렵 쯤 경연에 나간다(밥도 안 먹고? 난 일어나자마자 아침부터 먹어야 활동이 가능하다). 경연은 왕이 학문을 배우는 시간인데, 일종의 정치토론장 역할도 함께 한다.

경연이 끝나면 아침을 먹고(이제야!) 조회를 시작하는데, 이것이 공식 업무의 시작이다. (중략) 조회가 끝나면 업무보고를 받는데, 이를 조계朝啓라고 한다. 조계가 끝나면 윤대輪對를 한다. 윤대는 각 행정부서에 파견된 관리를 만나는 일인데 (중략) 윤대가 끝나면 오전 업무는 종결된다. 그리고는 점심을 먹고 또 경연에 나간다(무슨 공부를 이렇게 많이 하는가, 왕인데). (중략) 주강은 한 시간 정도 이어지며, 이것이 끝나면 지방관으로 발령받은 관료나 지방에서 중앙으로 돌아온 관료들을 만난다. (중략) 지방 관료 면담이 끝나면 야간의 궁궐 수비나 숙직에 관한 업무를 본다. 대궐의 호위를 맡은 군사들과 숙직관료들의 명단을 확인하고, 야간의 암호를 결정하여 알려주는 일이다(아니, 왕이 암호까지 정해주나? 이런 건 아랫것들이 알아서 해야지).

이 일을 끝으로 왕의 공식 업무는 종결된다. 이때가 대개 오후 5시쯤 되는데, 그후에 왕은 저녁 강의인 석강에 참석하여 다시 공부를 해야 한다(또 공부! 지겹다). 석강이 끝나면 저녁을 먹고 휴식을 취하고 취침에 들기 전에 다시 한 번 대비와 왕대비에게 문안을 드린다(난 어머니 아버지께 한 달에 한 번 전화할까 말까다).

왕비는 어떤가. 흔히 자기가 최고인 줄 아는 중년 여성을 비아냥거릴 때 '왕비병에 걸렸다'고 말한다. 왕비는 뭐 편한 줄 아는가? (괄호 안은 필자 생각)

왕비의 임무 중에 가장 중요한 것은 역시 왕위 계승권자의 생산이다(무조건 아이를 낳아야 한다는 것이다). 나라가 안정되기 위해서는 적통의 왕자가 왕위를 잇는 것이 필수인데, 이를 위해선 반드시 왕비가 아들을 생산해야 하는 것이다(무조건 아들을 낳아야 한다는 것이다). 만약 왕비가 적자를 생산하지 못하면 왕위는 서자에게 넘어가는데, 이는 자칫 국정 혼란의 원인이 될 수도 있었다(무슨 수를 써서라도 낳아야 한다는 것이다!) (중략) 그런 까닭에 적자를 생산하지 못한 왕비는 발언권이 약해질 수밖에 없었고, 이와 연계되어 왕비 친정의 권세도 함께 추락했다(시험관 아이라도 만들어야 한다). (중략)

왕비는 내명부(궁내의 모든 여인)뿐만 아니라, 외명부(관리의 부인들)도 신경을 써야 한다. 이 외에도 왕비가 신경써야 할 무리들이 있다. 바로 공주와 옹주, 군주, 현주들이다. (중략)

왕비의 권한 중에 빼놓을 수 없는 것이 섭정권이다. 왕이 일찍 죽어 왕위를 이을 세자가 너무 어릴 경우 왕비는 수렴청정을 통하여 섭정할 권리가 있었다.

후궁, 궁녀의 삶

왕조 사회인 조선에서 가장 중요한 정사 중 하나는 왕의 후손을 보는 것이었다. 때문에 왕은 왕비 이외에도 수많은 비빈을 거느릴 수 있었다. 조선 시대 후궁이란 어떤 존재인가. (괄호 안은 필자 생각)

> 후궁에게는 특별한 업무가 주어지지 않기 때문에 그들의 삶은 무료하고 단순할 수밖에 없었다. 그들의 임무란 것이 왕을 시중들거나 왕의 자식을 낳는 것이 고작이었기 때문이다. 숙식에 관한 일이나 육아, 교육은 거의 궁인들의 소관인 까닭에 육아나 교육에 대한 부담도 거의 없었다(이거야말로 내가 아는 어떤 아줌마의 로망!). 거기에다 왕실 자손들은 12세를 전후하여 혼례를 올리고 분가를 하거나 출가를 했기 때문에 자식을 옆에 두고 오래 보지도 못했다. 그러니 그들의 삶은 그야말로 왕을 기다리는 일이 전부라고 해도 과언이 아니다.

사랑 하나만 갖고 사는 여인들, 그들이 후궁이었다. 조선 왕은 공식적 으로 9명의 여성—1왕비, 3빈, 5처—을 거느릴 수 있었다. 그러나 왕은 마음만 먹으면 누구든 취할 수 있었다.

궁에는 늘 600여 명의 궁녀들이 있었다. 물론 상궁, 나인, 무수리로 나뉘고 하는 일도 제각각이었지만(대장금을 보라!). 만약 이영애처럼 어여쁜 장금이가 왕에게 수라를 바치다 왕의 눈에 들어 성은을 입으면, 그녀는 단번에 신분이 상승했다.

물론 성은을 입는다고 모두 비빈이 되는 것은 아니다. 일단 왕의 후

손을 낳아야 한다. 아들을 낳으면 대부분 신분이 상승했지만, 딸을 낳으면 후궁이 되지 못하는 경우도 있었다(그놈의 아들!). 어쨌든, 대궐에 들어온 궁녀들은 하는 일이 무엇이든 왕 하나 때문에 존재했다.

> 궁녀들은 왕실 서비스를 위해 존재했지만, 정확히는 왕만을 위해 살아야 하는 여자들이었다. 왕만을 위해 일평생 정조를 지켜야 했기 때문이다. 남자를 전혀 가까이 하지 않은 숫처녀일지라도 일생 왕을 위하여 남자를 가까이해서는 안 되었으며, 만에 하나 다른 남자와 정을 통하다 발각되면, 간통죄로 다스려졌다.
>
> 평생을 왕을 위해 수절해야 되는 것이 궁녀의 운명이다 보니, 이들의 가장 큰 소망은 왕의 눈에 들어 궁녀의 신분에서 벗어나는 것이었다. 『조선의 섹슈얼리티』

궁녀는 열여덟아홉 살이 되면 성인식 대신 신랑 없는 혼례를 치렀다. 가상의 신랑은 왕이었다. 관직을 제수받는 비빈은 물론, 수백 명의 상궁 무수리들은 왕의 손가락질 하나에 언제라도 잠자리 상대가 될 준비를 해야 했다. 실제 왕들은 침실을 지키는 궁녀들과 수시로 잠자리를 했다고 기록에 나와 있다. 이런 시추에이션 아니었을까?

강화도에서 농사짓다 온 철종을 예로 들어보자.

"방숙의~ 내가 왔어."

"어머, 왕이시여. 어젠 조귀인한테 가더니, 치치치!"

"으흐흐, 질투하는 모습도 귀엽네."

"몰라몰라. 내가 얼마나 기다렸다고요~."

"그래서 내가 이리 왔지 않은가?"

"치치치, 그저께는 범숙의한테 갔었잖아요!"

"아휴, 요 화내는 모습, 왜 이리 지적인고!"

"나 이래봬도 이대 나온 여자예요! (작은 소리로) 강화도 농군 출신 주제에……."

"(얼굴이 굳어지며) 너 지금 뭐라고 했어?"

"내가 뭘요?"

"나 무식하다고 지금 멸시하는 거여? 에이씨! 나 간다."

철종, 나가다 방숙의의 침전을 지키는 섹시한 무수리를 발견한다.

"야, 너 이름 뭐냐?"

"이효리라 하옵니다."

"오, 그래? 가무 좀 하냐?"

"아흥~ 그건 제 전문이라니깐요~."

"잘 됐다. 나 따라 와라."

이렇게 되는 거였다……(내 상상력이 좀 발칙한가?).

결론은? 왕 주변에는 여자가 차고 넘쳤다는 것이다. 그런데 문제는 왕조의 생산력이 참으로 위태위태했다는 것이다. 조선왕조 500여 년간 왕조가 끊기기 직전까지 가는 위기가 수차례 있었다. 왕이 뒤를 이을 왕자를 생산하지 못하고 죽거나 공주만 낳거나 왕자를 낳아도 그 왕자가 일찍 죽으면 대가 끊긴다. 이를 무후無後라 하는데 이런 위기는 6대 단종, 12대 인종, 13대 명종, 15대 광해군, 17대 효종, 18대 현종, 22대 정조, 24대 헌종, 25대 철종 때 있었다.

조선의 왕은 대체로 10명 안팎의 비빈을 거느렸고 이들을 통해 스무 명 가까운 왕자, 공주, 군, 옹주를 생산한 임금도 있었다(대표적인 예가 세종대왕! 그분도 꽤나 밝히셨던 거다).

왕을 위한 왕비와 후궁의 간택은 내외명부와 조정 모든 대신들의 관심사였다. 조선왕조 시스템은 왕을 위해 가장 아름답고, 기품 있고, 생산성 있는, 그러면서도 명망 있는(그러나 너무 잘나가는 가문이 아닌) 사대부 가문의 처자를 선택하는 데 모든 힘을 쏟았다. 그중 가장 중요했던 것 두 가지는? 외모와 덕이었다.

그런데도 왜 조선왕조는 수차례 대가 끊길 위기에 처했던 것일까? 조선 왕들의 비빈과 후손의 관계를 나타낸 왕조 세계도世係圖를 보던 나는 위와 같은 궁금증이 생겼고 『조선왕실계보』를 읽게 됐다.

대가 끊길 위기가 있었던 이유는 역사적, 정치적, 의학적인 것들 때문이다. 왕이 병약했다든지, 일찍 죽었다든지, 생산 능력이 없었다든지 또는 정적들에 의해 왕좌에서 물러나야 했다든지 하는.

조선을 초기 중기 후기로 나눌 때, 초기의 왕들은 왕성한 생산력을 보여준다. 태－정－태－세 네 명의 왕들을 필두로 중종 대에 이르기까지 보통 스무 명 안팎의 아들, 딸을 거느린다. 태종은 정비 한 명과 후궁 아홉 명으로부터 모두 스물 아홉 명의 아이를 얻었다.

그러나 정조를 시작으로 후반기의 왕들은 모두 자식이 없거나 낳아도 일찍 죽거나 공주 또는 옹주만 낳는 옹색한 결과를 보여준다. 이런 빈약한 대 잇기는 혹 조선왕조의 비극적 결말을 예고한 게 아닐까.

왕의 무덤

『조선왕실계보』를 읽고 나는 연산군 묘를 찾았다. 조선 역사를 통틀어 가장 개념 없었던 왕, 대책 없었던 왕, 여자라면 사족을 못 써서 채홍사採紅使(방방곡곡에 있는 아름다운 처녀와 좋은 말을 모으기 위해 지방에 파견했던 관리—필자 주)까지 두었던 왕. 수많은 기생을 거느리며 국고를 흥청망청 탕진했던 왕. 파티를 좋아했고(그가 좋아했던 광대는 감우성과 이준기였다), 사냥터를 만들기 위해 민가를 헐었고, 자신의 서모를 죽였던 왕. 양반가 규수와 신하의 아내를 범하고, 큰어머니와 간통하고, 할머니를 죽인 왕. 더불어 두 차례 사화를 통해 수많은 인명을 죽였던 폭군. 이 왕이면 가장 드라마틱하게 살다 간 군주의 무덤을 찾아가보고 싶었다.

도봉구 방학동에 위치한 그의 묘(연산군은 반정으로 쫓겨났기에 능이 아니라 묘에 묻혀 있다.)는 다른 왕릉에 비해 초라하기 그지없다. 그런데도 하루 20~100여 명의 사람들이 이곳을 찾는다(방명록을 봤다). 연산군 묘 앞에서, 나는 인생무상을 느꼈다.

"여보쇼! 한 줌 흙으로 이렇게 초라하게 묻힐 것을, 당신은 왜 그리 인생을 험하게 살았소? 적당히 다스리고, 적당히 미워하고, 적당히 즐기고, 적당히 나눠주면 되는 것을. 당신은 왜 끝까지 가야만 했소?"

이렇게 폭군에게 일갈하고 나서 깨달았다. 인간은 어리석기에 늘 극한까지 가려는 욕망을 갖는다는 것을. 그 욕망의 끝은 영광 아니면 파멸이다. 지금 내가 가려는 길의 끝에는 무엇이 있을까? 영광일까, 파멸일까? 가보지 않으면 모른다. 그래서 우리는 오직 갈 뿐이다.

폐주廢主의 묘에도 제비꽃은 피고 허물어진 내 마음에도 희망이 솟는다. 왕이여! 쾌락에 몸 바친 남자여! 화를 다스리지 못한 자여! 원한을 제어하지 못한 이여! 못된 역사에 몸을 바쳐 후손을 깨닫게 해주니 그나마 위안을 삼으시오.

에릭 홉스봄이 갈파했듯이, 모든 악행은 악함이 아니라 어리석음에서 비롯된다. 연산군 묘를 돌아 나오며 나는 이렇게 내뱉었다.

"쪼다 같은 놈."

이 말을 연산군에게 한 것인지 내게 한 것인지는 말하지 않겠다.

돈의 숲에 숨은 사람아

*

유재주, 『평설 열국지』

돈 애기부터 하겠다. 자본주의 사회에서 돈은 생존이며 욕망이다. 돈을 허술하게 다루는 사람은 생명을 허투루 여기는 사람이다. 돈을 우습게 아는 사람은 욕망을 없이 보는 사람이다. 그러므로 돈이 중요하지 않은 사람은 성인聖人이거나 죽은 사람이다.

나는 지금까지 스물 네 권의 단행본을 썼다. 단행본 계약을 하면, '모년 모월 모일까지 원고를 넘긴다'는 규정이 있다. 이 날짜는 꼭 지켜야 한다. 나는 지금까지 책을 내면서 이 날짜를 어긴 적이 없다. 아, 한 번 있었다. 3일 넘겼다. 물론 마감날 편집자에게 전화를 해서 양해를 구했다. 편집자는 놀라워했다. "아니 무슨 그런 일로 다 전화를……괜찮아요. 편한 날짜에 넘기세요." 나는 내가 불편해서 연락한 것이다. 밤을 새워 원고를 썼고 3일 후 원고를 보냈다.

출판계약상 갑甲인 저자. 그 저자로서 나는 약속을 지키려 이렇게 애쓴다. 을Z인 출판사는 어떤가? 계약을 하면 계약금은 한 달 이내 지급하기로 되어 있다. 그러나 한 달 뒤…… 입금 안 되어 있다. 전화를 한다. "그렇게 약속 딱딱 지키는 회사만 있는 건 아니다"라는 소리가 들린다. 그러다 인세 지급 날짜가 되면 "다음 달 15일에 지급하겠다"고 한다. 다음 달 15일이 된다. 그날도 돈이 안 들어와서 연락하면 "이달 말에 꼭 넣겠다"고 한다. 그리고는 꼭 그날 오후 9시쯤 돈이 들어온다. 1인 출판사나 작은 출판사보다 알 만한 큰 회사가 더 막무가내다. 하긴, 방송보다는 낫다.

나는 방송이 나간 프로그램의 출연료를 10개월 지나서 받은 적도 있다. 아예 받지 못한 출연료도 꽤 된다. 프로를 만든 외주 제작사가 망했기 때문이다. 쌤통이다.

『열국지』를 만나다

약속을 하고 계약을 하는 것은 지키기 위해서 아닌가? 원고 마감 날짜에 원고를 넘기는 내가 이상한 사람인가, 한 달이나 두 달은 예사고 1년씩 늦게 원고를 보내는 저자들이 이상한 사람인가. 처음부터 넉넉하게 원고 마감을 잡거나 써서 낼 능력이 안 되면 저술가니 작가니 하는 타이틀 내려놓고 치킨집이나 해야 하는 것 아닌가? (요즘 치킨집도 어렵다. 내 친구 치킨집하다 6,000만 원 까먹었다…)

약속을 하고 계약서를 쓰는 것은 지키기 위해서가 맞다. 계약금 주기로 한 날에 입금해주고, 인세 지급하기로 한 날에 결제해주는 수많은 출판사가 이상한가? 늦게 보내고 안 보내고 몇 번이고 연락을 해야 겨우겨우 넣어주는 출판사가 이상한가? 처음부터 돈 줄 날짜를 넉넉하게 잡든지 돈 줄 능력이 안 되면 출판업이니 문화 사업이니 하는 간판 떼어버리고 사채놀이나 해야 하는 것 아닌가? (요즘 고리대금업도 어렵다. 우리 부친 일수 나눠주시다 8,000만 원 까먹으셨다.)

돈에 대해 이런 장구한 글을 쓰는 까닭은 최근 이런저런 회사들로부터 받아야 할 돈을 못 받고 있어서다. 어떻게 해야 하나, 계약서상의 갑이지만 실질적으로는 을인 내가 또 참아야 하나? 울분을 삭이며 유재주의 『평설 열국지』 10권을 펼쳤다. 오래전에 도서관에서 빌려 재미있게 읽은 적이 있는데 최근에 고사성어에 대해 자세히 알고 싶은 마음이 들어 13권 세트 전체를 구입했다.

결론을 먼저 말하면, 이 책 최고다. 재미있다. 한번 책을 잡으면 놓을 수가 없다. 유익하고 교훈까지 준다. 춘추전국시대 영웅과 간신들의 이야기를 담았는데, 『삼국지』보다 더하면 더했지 절대 못한 책이 아니다. 작가 유재주의 열정에 박수를 보낸다. 더불어 좋은 책을 펴낸 김영사에 찬사를 보탠다(여기까지 써놓고 보니 무슨 알바생의 댓글 같다. 나는 유재주를 개인적으로 만나 본 적 없다. 김영사에서 돈 받고 이 글을 쓰는 것도 아니다. 다만 직필할 뿐이다). 그런데 『평설 열국지』 10권은 겨우 7쇄 발행됐다. 1권도 9쇄째다. 이런 책은 많은 분들이 사서 읽었으면 한다. 이 좋은 책이 여태 10쇄가 안 나갔다니 안타깝다.

필자는 유재주의 『평설 열국지』와 더불어 고우영 화백의 만화 『열국지』 6권 세트도 구입했다. 텍스트와 만화를 번갈아 읽으면서 비교를 해 보니 재미가 배가 됐다.

『평설 열국지』 열 권을 통틀어 가장 드라마틱한 이야기는 개자추와 오자서 에피소드다. 개자추는 진晉나라 공자 중이의 가신이었다. 후에 진문공이 되는 공자 중이는, 동생인 이오에 밀려 망명 생활을 한다. 그 세월이 무려 19년이다. 중이는 자신을 따르는 수십 명의 충복들과 함께 이 나라 저 나라 기웃거리며 한때는 풍족하게, 한때는 걸인처럼 유랑한다. 걸인이던 시절, 진문공이 몹시 배고파하며 누워 있을 때 개자추는 자신의 허벅지 살을 떼어내어 국을 끓인다(충성도 가지가지다. 고우영 『열국지』의 이 장면은 만화 역사상 가장 소름끼치는 장면 중 하나다).

문공이 나중에 진나라 군주가 되어 논공행상을 시작했을 때, 개자추는 참석하지 않았다. 왜? 개자추의 생각은 이런 것이었다. '내가 주공을 위해 희생한 것은 진나라 사직을 위해서였다. 주공 개인을 위해서도 아니었고, 나 자신을 위해서는 더더욱 아니었다. 그러므로 주공이 19년의 고생을 보상하기 위해 내게 상과 지위를 내리는 것을 나는 받을 수 없다. 주공이 돌아와 진나라가 제 주인을 찾고 올바른 길로 나아가게 되었으니 그것이 나에게는 보상이다.' 대단한 인물이다.

며칠 뒤, 파티 석상에서 충신들이 '망명 생활 중에 누가 누가 더 잘했나?'를 놓고 토론을 할 때였다. 조쇠라는 가신이 "주공이 배고파 할 때, 나는 내 몫의 밥을 드렸다"고 하자 누군가 바로 악플을 단다. "헤이! 개자추는 자기의 대퇴근 200그램으로 스프를 끓여 주공께 드렸어!" 이 말을 들은 진문공이 경악했다.

"맞다, 개자추! 그는 지금 어디서 무얼 하는가!"

개자추는 이미 홀어머니와 함께 면산이라는 오지로 떠난 뒤였다. 진문공이 뒤늦게 후회하며 친히 면산까지 달려와 그를 찾았으나 개자추는 보이지 않았다. 신하 한 사람이 '산에 불을 지르면 내려올 것'이라고 간언하여 면산에 불을 놓았다. 불은 사흘 동안 타올랐지만 끝내 개자추는 나타나지 않았다. 불이 꺼진 후에 보니, 산 중에 두 개의 인골만 남아 있더라는. 그때부터 진나라 사람들은 매년 개자추가 죽은 날에 그를 기리며 찬 음식을 먹었는데 그게 바로 한식寒食의 기원이라고 한다.

오자서 이야기

오자서 이야기는 워낙 파란만장해서 간단히 줄일 수가 없다. 그의 아버지 오사는 초나라의 충신이었다. 당시 오사가 모셨던 초평왕은 자기 아들인 세자 건에게 짝을 지어 주기 위해 진秦나라 왕의 여동생 맹영을 초빙한다. 맹영은 천하절색이었고 초평왕은 천하 색골이었다. 아들의 연인과 사랑에 빠진 시아버지가 등장하는 영화 〈데미지〉처럼 아들보다 먼저 맹영을 인터뷰한 초평왕은 스스로 제레미 아이언스가 되기로 결심한다.

고우영이 그린 초평왕의 모습은 영화 〈쿼바디스〉에서 네로 황제 역을 맡은 피터 유스티노프를 닮았다. 초평왕은 예비 신부를 가로채 동침하고 아들에게는 맹영의 하녀 중 제일 예쁜 애를 준다(그래 봐야 맹영이 스칼렛 요한슨이라면 하녀는 르네 젤위거 수준).

이 일을 지켜본 오사는 간언한다. "며느리를 데리고 사는 사람은 일반 백성 중에도 없습니다." 그러자 초평왕은 오사와 그의 큰아들 오상을 죽인다. 한편 작은 아들인 오자서가 복수를 다짐하며 탈출을 감행하자 초평왕은 군사를 풀어 오자서를 뒤쫓는다. 오자서의 목에는 현상금이 붙어 있다. 저현이라는 곳에 이르렀을 때 뒤에선 군사가 쫓아오고 앞은 강이었다. 갈대숲에 숨은 오자서는 애가 탄다. 이때 노래 소리가 들린다.

> 갈대 속에 숨은 사람아, 갈대 속에 숨은 사람아.
> 허리에는 일곱 개 별이 박힌 보검을 찼구나.

오자서가 보니 사공이 작은 배를 몰고 왔다. 사공은 오자서를 태워 강을 건너게 해준다. 그리고 사흘을 굶은 오자서에게 보리밥과 생선국을 내어준다. 오자서는 고맙다는 인사를 하며 자신의 칼을 내민다. "가보 같은 칼입니다. 1천 냥은 될 것이니 고맙게 받아주시오." 사공은 가소롭다는 듯 바라보더니 "지랄. 당신 목에 걸린 상금이 5만 냥이야. 칼을 받을 거면 당신을 벌써 고발했지. 의로운 사람 같으니 어서 가기나 하시오." 하고 표표히 사라진다.

17년의 세월이 흘러, 결국 오나라 재상이 된 오자서는 군사를 이끌고 초나라를 친다. 인정사정없이 초나라를 유린하고, 이미 죽은 초평왕의 시체를 꺼내어 채찍질해 300토막을 낸다. 이때 오자서의 모습은 귀신 같았다고 한다. 한 사람의 원한이 이렇게 무섭다. 제발 다른 사람하고 척지지 마라.

초나라를 멸망시킨 오자서는 친초 정책을 펴던 정나라 정벌에 나섰다. 정나라는 초나라보다 훨씬 약한 나라였으므로 점령은 시간 문제였다. 그런데 정나라 수도를 포위하고 공격하던 오자서 군영 앞에서 누군가 이런 노래를 했다.

> 갈대 속에 숨은 사람아, 갈대 속에 숨은 사람아.
> 그대는 강물을 건너던 때의 일을 잊었는가.
> 보리밥과 생선국으로 주린 배를 채웠구나.

노래 가사를 듣고 있던 오자서가 황급히 자리에서 일어나 물었다. "그대는 누구냐?" 젊은 어부는 노래를 그치고 오자서에게 배 젓는 노를 들어 보였다. "장군께서는 이 노가 생각나십니까? 저는 바로 저현 땅에 사는 고기잡이 노인의 아들입니다. 아버지가 돌아가신 후 저는 정나라 땅으로 피신해 왔습니다. 어느 날 성안으로 들어가 보니 거리마다 방문이 붙어 있었습니다. '오나라 군사를 물러가게 하는 자가 있으면 큰 상을 내리겠다'는 내용이었습니다. 저는 지난날 제 선친께서 위기에 빠진 장군을 구해준 일이 있기에 이렇듯 찾아온 것입니다. 바라건대, 장군께서는 정나라의 죄를 한 번만 용서해주십시오."

오자서는 고개를 쳐들며 외쳤다.

"오호라, 오늘날 이 오자서가 있게 된 것은 다 그때의 고기잡이 노인이 나를 태워 강을 건네주었기 때문이다. 하늘이 푸르고 푸르거늘 내

어찌 그 은혜를 잊을 것인가. 그대는 안심하고 돌아가라. 내 그대의 소원을 들어주리라."

그러고는 그날로 명령을 내려 정나라 땅에서 군사를 물러가게 했다.

고기잡이 노인의 아들은 오자서 군대를 물러나게 한 공로로 정나라 군주인 정헌공에게 사방 100리의 땅을 식읍으로 받는다. 사방 100리의 땅은 12×12킬로미터로 모두 144제곱킬로미터에 해당된다. 쉽게 말해 경기도 안산시 전체 면적과 같다. 정나라 사람들은 그 젊은 어부를 어대부라 불렀다. 오늘날에도 중국 진溱 땅과 유洧 땅 사이에 장인촌이라는 마을이 있는데 정헌공이 어대부에게 하사한 땅이라 한다.

원한을 갖게 한 자는 보복하고, 은혜를 준 자는 갚는다. 이게 『열국지』를 관통하는 메시지다. 진문공은 진나라의 국력을 기른 뒤 중원의 제국을 정벌한다. 이때 그의 원칙은 하나였다. '내가 망명하던 시절, 나를 환대해준 나라는 봐준다. 나를 멸시한 나라는 친다.' 유치하고 원시적이지만, 그때는 그랬다.

나는 오자서와 개자추 스토리에서 내 현실을 봤다. 나를 환대해준 출판사에는 잘해준다. 나를 멸시한 출판사는 친다. 그러나 어대부의 노래는 내게 이렇게 말하는 것 같았다.

> 돈의 숲에 숨은 사람아. 돈의 숲에 숨은 사람아.
> 그대는 원고를 받아주지 않아 배고프던 때를 잊었는가.
> 어진 출판사 대표의 계약금으로 주린 배를 채웠구나.

그렇다. 내가 춥고 배고플 때, 내가 어려웠을 때, 내가 무명이었을 때 나를 알아주고 나를 격려해주고 나를 일으켜 세워준 것도 책이었고 글이었고 몇 푼 안 되는 인세였다. 작은 출판사 사장이 제세공과금도 떼지 않고 건네준 계약금으로 밥을 먹고 집필실 임대료를 내고 다시 글을 쓸 힘을 얻었다. 내가 이나마 큰 것(크긴 컸나?)도 출판 때문이었고, 내가 글을 쓰며 먹고사는 것도 출판 때문이었다.

입금을 늦추는 출판사에 전화를 걸어 실컷 욕을 해주고 "출판사가 당신네 한 군데냐!"라고 일갈해주려던 나는, 『평설 열국지』 10권 '오월 춘추편' 106쪽을 읽고 나서 마음을 가라앉혔다. '그쪽도 사정이 있겠지' 하고. 몸으로 책 읽는 법도 가지가지다.

전도하려면 예수처럼

*

R. 래리 모이어, 『구원과 전도에 관한 오해 21가지』

#1

두 번째 비즈니스 만남에서 그는 내게 다짜고짜 말한다. "명 선생님도 이제는 새로운 삶, 구원받은 삶을 사시길 바랍니다." 나는 흠칫 놀란다. '지금까지 내 삶은 뭐였지? 엉망이었다는 건가?' 그는 가죽 장정의 성경책을 내민다. 책값은 47,000원이다. 책 대신 돈으로 주지.

#2

얼마 전 선배의 소개로 이요한(가명) 씨를 만났다. 우린 명함을 주고받았다. 그의 명함에는 ○○교회 집사라는 것도 적혀있다. 독실한 신자인가 보다. 그런 이요한 씨가 일주일에 한 번씩 내게 문자를 보냈다. '주님의 은혜가 가득한 오늘입니다. 축복을 바랍니다.' '우리는 모두 죄인입니다. 예수님만이 우리의 죄를 사해 주십니다.' '이번 주일엔 로진 님도

가까운 교회에 나가시기를 바랍니다.'

언제 봤다고 스토커질인지……. 나는 그 사람 얼굴도 잘 기억나지 않는다. 이래서 개인 정보 유출에 주의해야 한다. 나는 교회에 다니고 싶다고 한 적이 없다. 그는 내가 가끔 절과 성당, 이슬람 사원을 번갈아 다닌다는 사실조차 알지 못한다. 한마디로 나에 대한 정보가 전혀 없다. 그는 『성경』을 읽기 전에 『손자병법』부터 읽었어야 했다. '적을 알고 나를 알면 백전백승'이다.

#3

지방의 소도시에 내려갔을 때, 선배는 나를 자기가 다니는 교회에 데려갔다. 예배를 보기 전에 나에게 뜬금없이 "간증 좀 할 수 있지?"라고 묻는다. 사람들 앞에 나가(강단에 서서) 간증을 해달라는 것이다. 이 선배도 내 종교가 뭔지 묻지도 않았다. 나는 정중히 거절했다. 나는 간증할 것이 없었다. 교회 가자는 말에 말없이 따라나선 내가 잘못인가, 순순히 따라나선 내가 당연히 기독교인일 것이라고 믿은 선배가 잘못인가.

#4

매주 한 번씩 하는 학원 강의에서 일곱 사람을 만났다. 알게 된 지는 한 달쯤 됐다. 한 처녀는 결혼을 앞두고 고민 중이라고 말했다. 결혼한 영미 씨는 침을 튀기며 성경 이야기를 시작했다. 성경에 보면, 하나님이 인간의 결혼을 얼마나 중요하게 여기시는지 나와 있다는 것이다. 아브

라함과 야곱과 이삭이 언급된다. 기도하면 좋은 사람 만날 수 있다고, 기도 열심히 하라고 강조한다. 영미 씨는 15분 동안 설교한 다음 묻는다. "참, 다들 교회 다니시죠?" "아뇨." 이렇게 대답한 사람은 다섯 명이었다. 그중엔 결혼을 앞둔 그 처녀도 포함되어 있다.

#5

결코 무시해선 안 되는 갑녀 한 분이 있다. 그 갑녀 씨는 전화하거나 식사하거나 미팅이 있을 때마다 나를 교회로 인도하려고 안달이다. 나는 그녀의 전도가 귀찮아서 어느 날 고백했다. "저도 주님을 영접했습니다." 갑녀가 외친다. "할렐루야!" 갑녀 씨는 다른 사람에게 전도의 타깃을 옮겼다(내가 말한 주님은 주酒님인데).

나는 종교적인 발언을 하려는 것이 아니다. 기독교인들을 싸잡아 비판하려는 것도 아니다. 전도의 방법에 관해 감히 논하려는 것도 아니다. 인간에 대한 예의에 대해 말하려는 것뿐이다.

나는 기독교인의 신앙을 존중한다. 그들의 의견을 10분 정도는 말없이 들어줄 의향도 있다(특히 그들이 나의 '갑'일 경우 무조건 들어준다). 교회에서 하는 행사나 이벤트에 초청해준다면 갈 생각도 있다(거마비車馬費를 주면 반드시 간다. 대체로 종교 단체는 후하다).

그러나…… 제발 나를 전도하지는 말아달라. 특히 나를 잘 모르는 당신, 한두 번 보고 당장 나를 주님 앞으로 이끌려는 당신, 내가 교회에 가지 않으면 큰일이라도 날 것처럼 호들갑 떠는 당신. Please stop!

나는 문제에 부딪치면 먼저 도서관에 간다. 내 종교는 글쓰기이고, 내 성전은 도서관이며, 내 성경은 세상의 모든 책이다. 나는 최근 내게 접근해오는 저 독실한 전도자들을 어떻게 받아들일까(또는 어떻게 거부할까) 고민하면서 도봉도서관에 갔다. 그리고 그곳에서 몇몇 의미 있는 책들을 발견했다.

구원과 전도에 관한 오해

그 중 하나가 『구원과 전도에 관한 오해 21가지』다. 지은이는 댈러스 신학대학 교수이자 저명한 복음 전도자인 래리 모이어 박사다. 그는복음 사이트 Evantell.org 대표로 지난 37년 동안 세계 6대륙을 돌며 20만 명 이상의 청중에게 설교해왔고 그의 설교 방송은 지금까지 1,300만 명 이상이 시청했다. 한마디로 사이비가 아니라는 거다.

책의 원제목은 『주님이 말씀하지 않으신 21가지21 Things God Never Said』이다. 더 리얼하다. 주님이 말씀하지 않으셨는데 인간들이 제 멋대로 해석하는 것에는 뭐가 있을까. 몇 가지만 보자. 화살표 다음은 래리 모이어 박사의 대답이다.

구원받은 날짜를 모르면, 구원받은 것이 아니다?

→ 날짜는 몰라도 된다.

전도하지 않으면 그리스도인이 아니다?

→ 전도가 그리스도인의 조건은 아니다.

불신자들과 교제해서는 안 된다?

→ 그럼, 어떻게 전도할 건데?

예수께 나오기만 하면, 건강하게, 부유하게 만들어주신다?

→ 하나님은 그런 약속한 적 없다.

사람들 앞에서 예수님을 고백하지 않으면, 구원받을 수 없다?

→ 구원을 얻는 데는 오직 한 가지 조건이면 된다. "주 예수 그리스도를 믿으라!"

하나님은 전도 실적을 보신다. 충분한 수를 채워야 한다?

→ 하나님은 우리를 통해 회개한 사람의 수를 세지 않으신다.

래리 모이어 박사는 "하나님이 선물로 주신 것들을 적어보라. 물론 만질 수 있는 것들, 즉 음식, 친구, 가구 등도 나열해야 하지만, 보이지 않는 것, 즉 공기 같은 것들도 잊지 마라. (중략) 이제 목록을 유심히 살펴보라. 그 중에 어느 것도 영생보다 중요한 것은 없다. 내 목록에는 이해심 많은 아내가 있다. 어려울 때 나를 지탱시켜준 것은 아내의 따스함이었다. 또한 가까운 친구들도 목록에 있다. 그러나 아내든 친구든 어떤 선물도 구원과는 비교가 안 된다. (중략) 이 선물은 영원하다." 라고 말한다.

이렇게 생각하는 사람들은 행복하다. 구원은 영원히 사는 것과 관계있다. 모이어 박사는 분명 아내든, 친구든, 어떤 선물도 구원과는 비교가 되지 않는다고 말한다. 그는 덧붙인다.

> 어떤 사람들은 (중략) "그리스도를 전하지 않는다면 너는 그리스도인이 아니야!"라는 경고를 덧붙인다. 이 말은 "넌 이제부터 더 이상 그리스도인이 아니야."라는 뜻이 아니라, "너는 지금까지 그리스도인이라고 생각만 한 것이지 참 그리스도인이 아니었어."라는 의미다. 그들은 "네가 그리스도인이라면 당연히 다른 사람들에게 그리스도를 전하지 않겠어?"하고 따진다. 이 주장에 무슨 문제가 있는가? 첫째는, 성경에서 그런 구절을 하나도 발견할 수 없다는 것이다. 영생을 얻는 유일한 조건은 "누구든지 믿는 자마다"라는 것이다. (중략)
>
> 둘째는, 신약 성경에 기록된 수많은 회심자들 가운데, 다른 사람들에게 예수님을 전하는 것이 구원의 조건으로 주어진 일이 없다는 것이다. (중략)
>
> 셋째는, 상식으로 이해할 수 없다는 것이다. 선물에 무슨 조건이 따른다면, 그것은 이미 선물이 아니다.

모이어 박사는 그리스도인이 되는 것과 제자가 되는 것을 구별하라고 말한다. 전도하지 않으면 그리스도인이 될 수 없다는 것은 비성경적이라는 것이다. 물론 제자가 되려면 전도해야 한다는 말을 추가했다.

진정 어린 마음이 먼저다

나는 나를 전도하려는 갑녀에게 물었다.

당신은 구원이 1,000만 원보다 더 중요하다고 생각합니까?

(갑녀는 날 이상하게 쳐다봤다.) 물론이죠.

당신은 구원이 1억 원보다 더 중요하다고 생각합니까?

당연하지요.

그럼 10억이나 100억, 천억 원을 준다 해도 당신의 구원과 바꾸지 못하겠지요?

그렇습니다.

당신의 집이 없어진다 해도, 자동차가 없어진다 해도, 통장이 없어진다 해도 구원받지 못하는 것보단 낫겠죠?

(잠시 날 노려본다. '이 자식이 나한테 돈을 꿔 달라는 것일까' 하는 표정이다.) 그렇다니까요.

당신의 친구나 가족, 사랑하는 사람보다 구원이 더 중요합니까?

그렇다고 봅니다. 철학적으로 말씀드리는데, 성립할 수 없는 질문에는 대답할 수 없답니다. 선수끼리는 그런 개떡 같은 질문 안 합니다.

아, 죄송합니다(난 선수가 아니다). 어쨌든, 당신에게는 구원의 문제가 세상 그 무엇보다 더 중요하다 이 말씀이지요?

그렇습니다.

그건 그렇고, 어제 중고 명품점에서 구찌 백을 하나 샀는데 아내가 맘에 안 든다네요. 50만 원 주고 샀는데 30만 원만 내세요. 팔 테니까.

어머! 뭐니? 진짠지 가짠지도 모르고 어떻게 막 사요? 내가 당신을 못 믿는 건 아니지만, 요즘 하도 가짜가 판치니까. 구찌 백이 어떻게 30만 원이야? 못 믿겠는 걸?

…….

나는 갑녀에게 말해주고 싶었다. 당신은 나한테 구찌 백을 파는 것만도 못하게 전도하고 있다고. 내 영혼의 문제는 30만 원짜리 구찌 백보다 몇 만 배는 더 소중한 것이라고. 그런데도 당신은 나를 만나면 툭툭 던지는 말 몇 마디로 내 영혼과 구원을 사려 했다고.

나를 전도하려면 내 문제가 뭔지, 내가 뭐 땜에 고민하고 있는지, 나를 어떻게 하면 도와줄 수 있는지 연구 좀 해보란 말이지. 당신의 구원 문제가 그렇게 중차대하다면, 나의 믿음과 신앙에 대해서도 존중해 달라고.

예수는 이렇게 말씀하셨다. "너희가 남에게 대접을 받고 싶은 그대로 남을 대접하여라"라고. 다른 사람이 당신을 존중하길 바란다면, 먼저 다른 사람부터 존중하라는 말씀이시다. 함께 밥 먹는 사람들의 종교가 뭔지 묻지도 않고 다짜고짜 "교회 나가시죠?"라고 말하는 건 무례한 짓이라는 말씀이시다. 믿음을 위해 구원을 위해 영생을 위해 교회에 가자는 것이 아니라 교회에서 인맥 구축해서 비즈니스에 보탬이 되려고 하는 것이라면 관두라는 말씀이시다.

20세기 최고의 성서 주석가라는 윌리엄 바클레이가 쓴 『나사렛 예수』(아름다운 책이다!)는 예수의 행적을 연대기별로 정리했다(바클레이에 따르면, 정확한 기록자라는 누가조차도 나중에 일어난 일을 먼저 써놓는 실수를 했다). 이 책에 따르면, 예수께서는 결코 "나를 믿으면 네 병을 고쳐주겠다"고 한 적이 없다. 병든 자나 그들의 친지가 "내가 믿으니 나을 것 같습니다"라고 한 적은 있다. 예수께서는 조건 없이 병든 자를 낫게 해주셨다. 묻지도 따지지도 않고 일단 아픈 자를 고쳐주셨다. 출신과 직위와 믿음을 가리지 않고 베푸셨다. 왜? 그분은 사랑이기 때문이다.

『성경』에는 예수께서 어떻게 제자들을 전도했는지 잘 나타나 있다.

> 예수님이 게네사렛 호숫가에서 말씀하실 때 많은 사람들이 하나님의 말씀을 들으려고 밀려왔다. 그때 호숫가에는 배 두 척이 있었고, 어부들은 배에서 내려 그물을 씻고 있었다. 예수님은 그것을 보시고 그 중 하나인 시몬의 배에 오르셨다. 그리고 그에게 배를 육지에서 조금 떼어놓게 하시고 앉아서 군중을 가르치셨다. 예수님이 말씀을 마치신 후 시몬에게 "깊은 데로 가 그물을 쳐서 고기를 잡아라" 하시자 시몬은 "선생님, 우리가 밤새도록 애써봤지만 한 마리도 잡지 못했습니다. 그러나 선생님이 말씀하시니 한 번 더 그물을 쳐보겠습니다"하고 그물을 쳤더니 고기가 너무 많이 잡혀 그물이 찢어지게 되었다. 그래서 그들은 다른 배에 있는 동료들에게 도와달라고 손짓하였다. 그들이 와서 함께 두 배에 고기를 가득 채우자 배가 가라앉을 지경이었다. 시몬 베드로가 이것을 보고 예수님 앞에 꿇어 엎드려 "주님, 저는 죄인입니다."하였다. (중략) 그들은 배를 육지에 대고 모든 것을 버려둔 채 예수님을 따라갔다. 「누가복음」 5장 1~11절, 『현대인의 성경』

예수께서는 시몬 베드로에게 먼저 필요한 것을 주셨다. 바로 물고기다. 하지만 예수가 베드로에게 준 것은 지느러미가 달린 물고기뿐만이 아니었다. '너의 어려움을 내가 헤아리고 있다'는 마음이었다. 그 마음에 감격한 베드로는 예수를 따라갔다.

누군가를 전도하려면 예수처럼 해야 하지 않겠는가. 그에게 필요한 물고기를 먼저 줘야 하지 않겠는가. 그 물고기에는 당신의 진정 어린 마음이 살아 펄떡여야 하지 않겠는가.

* 함께 읽은 책

1. 너의 말에도 밑줄을 그을 수 있다면

나의 1984

『1Q84』(1~3) 무라카미 하루키 지음, 양윤옥 옮김, 문학동네, 2009~2010

고랑 몰라

『놀멍 쉬멍 걸으멍 제주 걷기 여행』 서명숙 지음, 북하우스, 2008

『꼬닥꼬닥 걸어가는 이 길처럼』 서명숙 지음, 북하우스, 2010

사랑에 관한 책이거나 혹은 아니거나

『세브리깡』(1~3) 강도하 글·그림, 바다출판사, 2009~2010

『세계가 두 번 진행되길 원한다면』 정혜윤 지음, 민음사, 2010

「핑크노트」『사랑과 인생에 관한 여덟 편의 소설』 심상대 지음, 생각의나무, 2005

여행은 결혼과 같다

『Atlas of the World: 아틀라스 세계지도』 이경희·이무연·임민수 엮음, 미토스북스, 2005

『찰리와 함께한 여행』 존 스타인벡 지음, 이정우 옮김, 궁리, 2006

저 그냥 이렇게 살래요

『삶을 가꾸는 글쓰기 교육』 이오덕 지음, 보리, 2004

이야기 올레길을 찾아서

『서울, 문학의 도시를 걷다』 허병식 지음, 홍상현 사진, 터치아트, 2009

2. 몸으로 써내려간 책

벌레만도 못한 것들

『파브르 곤충기』(1~10) 장 앙리 파브르 지음, 김진일 옮김, 원규 사진, 정수일 그림, 현암사, 2006

『갈매기의 꿈』 리처드 바크 지음, 송은실 옮김, 소담출판사, 1996

『감춰진 생물들의 치명적 사생활』 마티 크럼프 지음, 앨런 크럼프 그림, 유자화 옮김, 타임북스, 2010

『개미』(1~5) 베르나르 베르베르 지음, 이세욱 옮김, 열린책들, 2001

미친 술의 노래

『술, 전쟁 같은 사랑의 기록』 캐롤라인 냅 지음, 고정아 옮김, RPUB, 2003

『술 사용설명서』 톰 히크먼 지음, 김명주 옮김, 뿌리와이파리, 2005

몸으로 쓴 섹스 보고서

『봉크』 메리 로취 지음, 권 루시안 옮김, 파라북스, 2008

걷기의 발견

『걷기 예찬』 다비드 르 브르통 지음, 김화영 옮김, 현대문학, 2002

『걷기 박사 이홍열의 건강 워킹』 이홍열 지음, 파라북스, 2008

『걷기의 기적』 세실 가테프 지음, 김문영 옮김, 기파랑, 2006

『걷기의 철학』 크리스토프 라무르 지음, 고아침 옮김, 개마고원, 2007

『나를 부르는 숲』 빌 브라이슨 지음, 홍은택 옮김, 동아일보사, 2002

자전거로 바꾸다

『바이시클 다이어리』 정태일 지음, 지식노마드, 2008

『하이힐을 신은 자전거』 장치선 지음, 뮤진트리, 2009

『자전거 여행』(1~2) 김훈 지음, 생각의나무, 2004

사랑한다면 개처럼

『강아지 도감』 나카노 히로미 지음, 우에키 히로유키·후쿠다 도요후미 사진, 김창원 옮김, 진선출판사, 2004

『아름답고 슬픈 야생동물 이야기』 어니스트 톰슨 시튼 지음, 장석봉 옮김, 푸른숲, 2006

『강아지 매프와 그의 친구 마릴린 먼로의 삶과 의견들』 앤드루 오헤이건 지음, 김재성 옮김, 뮤진트리, 2011

3. 다가갈 수 없는 것에 매혹되다

피아노가 몸이었던 사람들

『나의 삶, 나의 음악』 엘리제 마흐 지음, 박기호·김남희 옮김, 동문선, 2008

『피아노 이야기』 러셀 셔먼 지음, 김용주 옮김, 변화경 감수, 이레, 2009

소리에 미치다

『소리의 황홀』 윤광준 지음, 효형출판, 2007

『공공의 적들』 베르나르 앙리 레비·미셸 우엘벡 지음, 변광배 옮김, 프로네시스, 2010

『어느날, 내가 오디오에 미쳤습니다』 황준 지음, 돋을새김, 2008

와인은 알 수 있는 것이 아니다

『와인』 김준철 지음, 백산출판사, 2009

『와인의 세계, 세계의 와인』(1~2) 이원복 지음, 김영사, 2007~2008

『보르도 와인 기다림의 지혜』 고형욱 지음, 한길사, 2002

길이면 가지 마시오

『알피니즘, 도전의 역사』 이용대 지음, 마운틴북스, 2007

『발칙한 유럽 산책』 빌 브라이슨 지음, 권상미 옮김, 21세기북스, 2008

『사랑은 한 줄의 고백으로 온다』 권소연 지음, 브리즈, 2009

『마운틴 오딧세이』 심산 지음, 풀빛, 2002

프로는 감동이다

『감동을 만들 수 있습니까』 히사이시 조 지음, 이선희 옮김, 이레, 2008
『장인』 에이 로쿠스케 지음, 양은숙 옮김, 지훈, 2005
『장자』 장자 지음, 오강남 옮김, 현암사, 1999
『청춘표류』 다치바나 다카시 지음, 박연정 옮김, 예문, 2005

말은 태어난다

『번역의 탄생』 이희재 지음, 교양인, 2009
『아이디어 블록』 제이슨 르쿨락 지음, 명로진 옮김, 토트, 2010

4. 인생의 숲에 숨은 이야기

배관공도 묻는 것

『그림으로 보는 시간의 역사』 스티븐 호킹 지음, 김동광 옮김, 까치, 1998
『틱낫한 스님의 금강경』 틱낫한 지음, 양미성·김동원 옮김, 2004
『내가 누구인지 말할 수 있는 자는 누구인가』 이인화 지음, 세계사, 1992

스파르타인을 보다

『페르시아 전쟁사』 헤로도토스 지음, 우위펀 엮음, 강은영 옮김, 시그마북스, 2008
『페르시아 전쟁』 톰 홀랜드 지음, 이순호 옮김, 책과함께, 2006
『스파르타』 험프리 미첼 지음, 윤진 옮김, 신서원, 2000

자신을 버리고 다른 것과 바꾼 여인

『황진이』(1~2) 전경린 지음, 이룸, 2004
『백정과 기생』 박종성 지음, 서울대학교출판부, 2003

『개화기 대중예술의 꽃, 기생』 김영희 지음, 민속원, 2006

변명하지 마

『소크라테스의 변명』 플라톤 지음, 원창화 옮김, 홍신문화사, 2006

『한 권으로 읽는 서양철학사 산책』 강성률 지음, 평단문화사, 2009

『초한지』(1~8) 고우영 글·그림, 자음과모음, 2003

연산군 묘에서

『한 권으로 읽는 조선왕실계보』 박영규 지음, 웅진지식하우스, 2008

『조선의 섹슈얼리티』 정성희 지음, 가람기획, 2009

돈의 숲에 숨은 사람아

『평설 열국지』(1~13) 유재주 지음, 김영사, 2001

『열국지』(1~6) 고우영 글·그림, 자음과모음, 2005

전도하려면 예수처럼

『구원과 전도에 관한 오해 21가지』 R. 래리 모이어 지음, 정진환 옮김, 생명의말씀사, 2006

『나사렛 예수』 윌리엄 바클레이 지음, 하용조 옮김, 기린원, 2001

『현대인의 성경』 생명의말씀사 편집부 엮음, 생명의말씀사, 2009

몸으로 책읽기

2011년 8월 25일 1판 1쇄 인쇄

2011년 9월 3일 1판 1쇄 발행

지은이 ············ 명로진

펴낸이 ············ 한기호

책임편집 ········· 오효영

편집 ················ 이은진, 박윤아

경영지원 ········· 김은미

펴낸곳 ············ 북바이북

출판등록 2009년 5월 12일 제313-2009-100호

주소 121-842 서울시 마포구 서교동 464-46 서강빌딩 202호

전화 02-336-5675 팩스 02-337-5347

이메일 kpm@kpm21.co.kr

홈페이지 www.kpm21.co.kr

인쇄 ················ 예림인쇄

총판 ················ ㈜송인서적 전화 031-950-0900 팩스 031-950-0955

ISBN 978-89-962837-3-7 03800

북바이북은 한국출판마케팅연구소의 임프린트입니다.

값은 뒤표지에 있습니다.